Los niños de la viruela

*Para la explotación en el aula de este libro,
existe un material con sugerencias didácticas y actividades
que está a disposición del profesorado en nuestra web.*

Título original: *Os nenos da varíola*

1.ª edición: febrero 2017
6.ª edición: febrero 2021

© Del texto: María Solar, 2017
© De la traducción: María Jesús Fernández, 2017
© De la ilustración: Beatriz Castro, 2017
© De esta edición: Grupo Anaya, S. A., 2017
Juan Ignacio Luca de Tena, 15. 28027 Madrid
www.anayainfantilyjuvenil.com
e-mail: anayainfantilyjuvenil@anaya.es

Diseño: Gerardo Domínguez

ISBN: 978-84-698-3355-1
Depósito legal: M-40691-2016
Impreso en España - Printed in Spain

Los niños de la viruela

María Solar

Ilustración:
Beatriz Castro

Traducción:
María Jesús Fernández

Para Juan José, mi hermano,
y para Inés, mi sobrina,
médicos vocacionales.

Esta novela está dedicada a los veintidós niños del hospicio que llevaron en su cuerpo la vacuna de la viruela del Viejo al Nuevo Mundo. Siempre brazo a brazo, siempre sin romper la cadena, formando parte de una de las hazañas médicas más grandes de la humanidad.

Los niños de Madrid:
Vicente Ferrer (7 años)
Andrés Naya (8 años)
Domingo Naya (6 años)
Antonio Veredia (7 años)
Los niños de A Coruña:
Martín (5 años)
Manuel María (6 años)
Cándido de la Caridad (6 años)
Francisco Antonio (8 años)
Clemente de la Caridad (9 años)
José Jorge Nicolás de los Dolores (5 años)
Vicente María Salee y Vellido (3 años)
Pascual Aniceto (3 años)
Ignacio José (3 años)
José (3 años)
Tomás Melitón (3 años)
José Manuel María (3 años)
Benito Vélez (7 años)
Los niños de Santiago de Compostela:
Juan Antonio (5 años)
Jacinto (6 años)
Gerónimo María (7 años)
Francisco Florencio (5 años)
Juan Francisco (9 años)

Y también está dedicada a todos los brazos inocentes que hubo antes y después de esta cadena de ultramar.

Índice

I
La manzana y la viruela

A Coruña, año 1803.

Cada vez era más difícil robar comida. Las mujeres de los puestos de la plaza de abastos estaban atentas a los desarrapados. La ropa y el hedor de los niños delataban a la legua que habían salido del hospicio. Todos ellos robaban para comer siempre que podían porque tenían mucha hambre. Eran pequeños hurtos, un bollo, unas manzanas, un trozo de pan de maíz, un queso. Algunas de aquellas mujeres hacían la vista gorda y dejaban que los niños llevaran algo disimulado bajo la chaqueta. Otras no, daban la voz de alarma y solas o con una jauría humana exaltada, echaban a correr tras ellos y los molían a golpes si conseguían cercarlos y atraparlos. Les pegaban sin duelo, conocedoras de que siendo niños abandonados en la inclusa nadie se quejaría por la paliza, y cuando crecieran seguirían siendo desarrapados muertos de hambre, carne de ladrones y delincuentes, porque para ellos no había futuro. Los que no murieran por el camino, víctimas de cualquier calentura, tendrían muy difícil convertirse en gente de bien. Así que los golpeaban por lo que eran y por lo que podían llegar a ser. Pero cuando el hambre es tanta que el estómago se dobla de dolor, uno hace cualquier cosa por comer.

Las monjas no les permitían salir del hospicio, pero, un día sí y otro también, algunos burlaban la vigilancia y recorrían las calles jugando y buscando comida. Aquel día habían sido dos manzanas, una cada uno, Ezequiel y Clemente. Ambos eran de la misma edad, tenían nueve años, aunque ninguno de ellos sabía la fecha exacta de su nacimiento. Los dos habían sido abandonados en el torno del hospicio con un número indeterminado de días de vida. El torno era una especie de pequeña puerta giratoria donde las mujeres que no podían mantener a sus hijos, o las deshonradas, los dejaban abandonados. Allí fueron recogidos por las monjas y la rectora. Los bautizaron y les pusieron nombre: Ezequiel y Clemente de la Caridad. Aquel «de la Caridad» era muy frecuente en los niños expósitos, marcados así de por vida para que siempre fuera reconocido su origen humilde y descastado.

Eran amigos, pero en el orfanato el propio concepto de amistad se tambaleaba cuando andaba por medio la supervivencia. Caminaban a la par por entre los puestos de la plaza de abastos, disimulando su intención e intentando meterse entre la gente para pasar desapercibidos. De repente, Clemente de la Caridad agarró una manzana y echó a correr. A Ezequiel no le gustaba aquella manera de hacer las cosas, él hubiera preferido cogerla disimuladamente, al descuido, meterla en el bolsillo y salir andando con normalidad. Pero Clemente había echado a correr delatando el hurto, así que no le quedó más remedio que agarrar otra manzana y salir huyendo también detrás de su amigo por entre la gente y los puestos de venta, mientras la mujer gritaba: «Ladrones, ladrones, muertos de hambre».

Muertos de hambre, sí. Estaban hambrientos. Por eso robaban.

Recorrieron a la carrera varias calles y después se separaron. Ezequiel se metió por un callejón en el que había varias casas y unas huertas. Anduvo entre los cobertizos y las casetas de animales y vio una algo más grande en la que entró para esconderse. La puerta de madera vieja cedió al empujarla. No estaba cerrada con llave y una vez dentro observó que aquello no era una caseta para animales. Hasta su nariz llegó un olor a cerrado mezclado con algo indefinido, algo ácido, sudor tal vez. Había una mesa y sobre ella un candil apagado, con la escasa luz que entraba por la pequeña ventana cubierta con una cortina tan sucia como oscura, pudo distinguir también un catre. Se acercó. Le pareció ver a alguien durmiendo. El corazón le golpeaba en el pecho, no estaba solo. Sabía que no debía permanecer allí, pero la curiosidad era más fuerte que el razonamiento. Había algo extraño que lo empujaba a seguir avanzando. Aquello no era una vivienda completa, allí no había cocina, parecía una cuadra de animales acondicionada para vivir, como si fuera una habitación más de la pequeña casa anexa. El sol se abrió paso entre las nubes y la ventana iluminó de golpe la estancia. La silueta de un hombre dormido, que respiraba profundamente y con jadeos, se distinguió en el catre. Una fina tela le cubría parte del cuerpo desnudo. Estaba completamente cubierto de llagas, cientos de costras y vesículas purulentas le plagaban la piel, la cara, los labios, incluso los ojos cerrados tenían heridas abultadas, parecía un monstruo deforme. Ezequiel ahogó un grito en su garganta ante aquella visión aterradora, dio un paso atrás sin poder dejar de mirar. Parecía un hombre joven, casi un muchacho, no debía de tener más de veinte años. Era la viruela. La peste de la viruela.

El terror se apoderó de él. Pegó el cuerpo a la pared fría con la vista clavada en aquel hombre y salió de allí llevado por el demonio, tropezando en su huida enloquecida hacia la puerta con un banco pequeño sobre el que había una taza con agua. No se volvió para mirar.

Huyó de allí a la mayor velocidad que pudo. Corrió sintiendo más miedo que el que le podrían producir todas las hordas de perseguidores. Cuando estuvo lo bastante lejos, respiró profundamente y buscó una fuente para lavarse.

No sabía muy bien por qué, pero se lavaba, y con el agua iba espantando el miedo a aquella terrible enfermedad. Si los vecinos supieran que allí había viruela, habrían echado a la familia y a continuación habrían quemado la casa. Aquella era una plaga infernal que mataba o marcaba la piel para toda la vida. Una peste terrible y temible. Se sabía de familias en las que todos sus miembros habían ido cayendo uno tras otro, aldeas, pueblos enteros contagiados en los que ya nadie quería entrar ni siquiera para ir a vender. Personas convertidas en monstruos, sin un centímetro de piel que no tuviera pústulas y pus, incluso dentro de la boca, dentro de los ojos. Horrible. Unos morían, otros, sin que nadie lo pudiera explicar, sobrevivían. Pero estos quedaban marcados para siempre: ciegos, sin dientes, con cicatrices. La piel se cubría de horribles cráteres donde antes habían estado las ampollas. Algunas veces quedaban tan deformados que su vida nunca volvía a ser normal. Por eso, todos sabían de la viruela. Todos la temían. Ezequiel también.

Así pensaba mientras se lavaba y se volvía a lavar. Se salpicaba la cara con agua de manera compulsiva. Agua fresca que se escurría por su cuello y empapaba toda su ropa. Y más y más agua, hasta que se calmó y paró de mojarse.

Apoyándose contra la piedra de la fuente intentó recuperar también la respiración.

Entonces se acordó de la manzana, la sacó del bolsillo interior de la chaqueta. Era verde. Olía maravillosamente. Se la llevó a la boca y le dio una dentellada limpia, dejando los dientes marcados en la pulpa. Sabrosísima. Mientras la comía, la boca se le llenaba de saliva. Se sentó junto a una casa en una calle tranquila para disfrutarla. La saboreó hasta dejarle el corazón limpio, y entonces decidió regresar al hospicio.

La peste no había podido con el aroma de la manzana. Ya ni recordaba lo que le había pasado.

II

El niño muerto

Las paredes de piedra aumentaban la sensación de frío, o tal vez sería la humedad, o puede que los nervios, pero caminando entre aquellos muros Candela estaba aterida. Llamó con la aldaba a la puerta principal del edificio y esperó pacientemente a que le abrieran. Tardaron mucho tiempo y cuando lo hicieron fue para decirle que diera la vuelta y entrara por la puerta lateral. Recorrió el perímetro del enorme caserón esquivando los charcos con aquellos zapatos viejos que llevaba, con las suelas mil veces remendadas con trozos de cuero. Había dejado en casa las zuecas de madera que solía llevar habitualmente y se había puesto esos zapatos viejos y remendados como si fueran las galas de domingo que se usan cuando uno se dirige a un sitio importante. Con ser viejos, eran los mejores que tenía. Candela, en efecto, se dirigía a un sitio importante porque necesitaba ganar dinero para mantener las tres bocas de la casa, ya que no era suficiente lo que producían cuatro fincas prestadas o arrendadas y el trabajo esporádico como cantero de su marido. Los dos solos se habían ido arreglando mal que bien, pero ahora había una boca más que mantener. La criatura había nacido hacía pocos días y estaba siendo amamantada por la madre, pero necesitaba el dinero para tener algo que les permitiera no morirse de hambre si se presentaba una mala cosecha.

En la segunda puerta le abrió otra mujer. Candela le explicó el motivo de su visita, y la portera, sin mediar palabra, le hizo el gesto de que entrara y la siguiera hasta dejarla en uno de los pasillos del edificio. Allí, también con un gesto acompañado de un sonido gutural, de nuevo sin articular palabra, le dio a entender que esperase sentada en un banco en el que ya había una mujer. De pie, a unos metros, estaba el marido de esta. Las dos vestían ropas humildes, pero la otra además se envolvía en una especie de toquilla de lana.

—Es muda, por eso no le ha hablado. No tiene lengua —le explicó la que esperaba, y Candela vio marchar por el final del pasillo a la deslenguada—. ¿Viene a ofrecer la leche? —la mujer de la toquilla habló de nuevo.

—Sí.

—¿Se le ha muerto su hijo?

Candela se santiguó repetidamente. Tres veces por lo menos hizo la señal de la cruz, espantada.

—No, no, mi hija está viva. Está viva y sana. Nació hace trece días. Vengo a ofrecer la leche porque tengo de sobra para dos y dicen que la pagan muy bien.

—Si eres buena criadora has de tener suficiente para dos. Yo he llegado a amamantar hasta tres criaturas al mismo tiempo. Pero si los pechos no dan, tendrás que elegir a quien le das la leche —la mujer se le acercó bajando la voz, como confesándole un secreto—. Ten cuidado con darles a estos expósitos leche de vaca aguada, o de cabra, o de seguir cobrando con el niño muerto. Los alguaciles aparecen cuando menos te lo esperas y si te llegan a coger en una de esas, lo pasarás mal.

Candela se sintió ofendida con el comentario y se desplazó a la esquina opuesta del banco, alejándose de su interlocutora con un gesto de incomodidad.

—Yo no hago esas cosas. ¡Dios me libre! ¡Hay leche para los dos!

—¡Ojalá! Yo solo te advierto para que lo sepas —completó la mujer la información levantando una ceja.

Ahí terminó la conversación. La puerta ya no tardó mucho en abrirse. Cuando oyeron girar el picaporte, las dos se pusieron de pie. De la habitación salió la rectora del orfanato. Aunque el hospicio estaba gestionado por la Congregación de los Dolores, la rectora no era monja, era una seglar. Sorprendentemente joven para el cargo, a pesar de que su rostro seco engañaba y hacía que pareciera mayor. Vestía de oscuro con un pulcro mandil blanco. Era una mujer enjuta, toda ella piel y huesos. Piel, huesos y bilis, porque de sobra era conocido su humor de perros cuando se enfadaba. Una rectora debía tener bilis para mandar. Desde la misma puerta se dirigió a las que esperaban.

—¿Solo están ustedes? Vaya, qué poca gente esta semana. ¿Las dos vienen para criar?

—No señora. —La mujer habladora dio un paso adelante y se soltó la toquilla mostrando un bebé muerto que llevaba envuelto en la ropa. Candela se asustó con la inesperada visión del cadáver. El corazón le dio un brinco desde el pecho hasta la garganta—. Yo vengo a devolver un expósito.

La rectora hizo un breve gesto de desagrado y mandó entrar en primer lugar a la mujer que llevaba el niño muerto. Dentro, tiró de una cuerda que colgaba de la pared. Era un llamador para que alguien del personal del hospicio viniera a hacerse cargo del cadáver. Después, se sentó tras una mesa con varios montones de papeles.

Buscó entre sus fichas la correspondiente a aquella ama de cría. Josefa Carballo González, mujer de Antonio González

Lourido, natural de Santa María de Oza. Recordaba su nombre porque era el quinto huérfano que amamantaba, y el tercero que devolvía muerto. Mala suerte, pensó. Se había llevado a criar al expósito Pedro de la Caridad hacía dos semanas y ya lo traía de vuelta. Esta vez había durado muy poco tiempo. Pero no era de extrañar, más de la mitad de los niños fallecía en las casas de crianza antes de los dos años. La supervivencia de los expósitos era un auténtico milagro.

La rectora preguntó la causa del fallecimiento, que la madre de adopción desconocía. Simplemente estaba débil y había enfermado. Con una pluma que mojó en un tintero apuntó en la misma ficha, abierta el día en el que el niño había sido recogido, dos simples líneas finas: *«El ama de leche Josefa Carballo González, lo devuelve sin vida por causas desconocidas el día 13 de marzo de 1803»*.

Cerró la ficha. Asunto concluido.

La muda entró en la estancia y la rectora le entregó el cuerpo sin vida del pequeño Pedro.

—Llévaselo al padre Lucas para que dé cristiana sepultura en el atrio a este pobre desgraciado.

En el pasillo, Candela esperaba impaciente su turno. Ya no había venido muy tranquila, pero aquel niño muerto le había encogido el corazón y no lograba recuperar el pulso normal. Los minutos fueron pasando. De vez en cuando fijaba la mirada en el hombre que también esperaba y, sobre todo, miraba ansiosamente hacia el fondo del pasillo buscando a la hermana Valentina. Algunas veces no era fácil dar con ella, la hermana Valentina, además de ejercer distintas labores en el hospicio, prestaba servicios de enfermera en el Hospital de Caridad contiguo. Pensaba Candela que cuando la rectora le entregase el niño seguramente estaría hambriento y entonces se vería obligada a salir de allí a toda prisa, sin tiempo para hablar con la monja como había hecho otras veces. Por eso se puso en pie con intención de buscarla. Husmeó abriendo puertas y metiendo la nariz en las habitaciones que daban al pasillo para ver si la encontraba. Tuvo suerte.

Tras una de las puertas cercanas había un cuarto que se usaba como almacén de ropa y objetos de uso cotidiano en el hospicio. Allí vio a dos monjas doblando prendas, una de ellas era la hermana Valentina. Estaba de espaldas y Candela tuvo que entrar en el cuarto para llamar su atención.

—Hermana Valentina —llamó tocándole un hombro. La mujer se volvió y, al verla, le cambió la expresión. Su semblante, ya de por sí poco amigable, se transformó en una cara auténticamente furiosa.

El rostro de la hermana y sus manos, únicas partes visibles del cuerpo oculto bajo los hábitos negros, estaban deformados por el rastro de la viruela que había superado de niña. Su madre la había ofrecido entonces a la Virgen de los Dolores y cuando se salvó, en pago por el milagro, la metieron en el convento donde quedó para el resto de su vida. En el interior de aquellos muros, Valentina había encontrado la paz que no podía lograr fuera de ellos, siempre objeto de miradas y cuchicheos.

—¿Qué quieres tú? ¿Qué estás haciendo aquí? ¿Quién te ha dejado pasar?

Candela se sintió avergonzada por el trato hostil y bajó la cabeza.

La otra monja preguntó, asustada.

—¿Qué pasa? ¿Quién es esta mujer?

—No es nadie, hermana Lourdes, una pordiosera a la que le doy de vez en cuando pan y algo de comida —mintió la monja sin importarle la humillación de Candela y, a continuación, dejó lo que estaba haciendo y salió de la habitación sacándola de allí a empujones.

En el pasillo, al hombre que esperaba le llamó la atención la situación. Valentina de inmediato notó la mirada de aquel tipo y se relajó.

—¿Qué haces aquí? ¿Te has vuelto loca? Vete, nos veremos en el sitio de siempre —le dijo airadamente en voz baja.

—¡He venido por otra cosa! —se apresuró a explicar Candela—. Estoy aquí para dar de mamar a un expósito.

—¿Tú? —La monja se rio estruendosamente—. ¿Ahora vas a salvar a un niño después de haber abandonado al tuyo? —se volvió a reír con ganas.

Candela recibió aquel comentario como si la atravesaran con una espada.

—Vengo a dar el pecho a una criatura para ganar dinero, y de paso salvar una vida. A mi primer hijo tuve que abandonarlo por necesidad. Bien que me dolió. Si me hubiera quedado con él, estaría condenado a una muerte segura. Aquello fue lo más terrible que he hecho en la vida y lloro por él cada día, pero por lo menos sé que está vivo. —La monja frunció los labios en una expresión de desprecio. Candela cambió el tono y se acercó a ella para saber—. ¿Cómo está?

—Está bien. Sano. Deslenguado y maleducado como todos.

—Traigo algo, poco. He parido hace trece días y en esta ocasión no me fue posible juntar más.

Sacó de la faltriquera unas monedas envueltas en un paño que abrió delante de la monja, procurando no ser vista por el hombre que esperaba, y se las entregó.

—¿Poco? Esto es menos que nada. ¿Qué quieres que haga yo con esto?

—Lo que pueda, hermana. Lo que pueda. Aunque solo sea darle una ración más de pan.

—Pues no pensarás que esto da para algo mejor. Con un trozo más de pan queda saldado.

Candela sentía no poder llevar más. Realmente había hecho lo imposible durante todos esos años para ir a escondidas a entregarle aquella ayuda para el niño y a informarse de cómo estaba. Tan duro como el hecho en sí de abandonarlo, había sido la condición impuesta por la monja a cambio de su ayuda: nunca podría saber cuál era su hijo. Tenía que aceptarlo. Era eso o nada. También en esta ocasión aceptó lo que la hermana Valentina le ofrecía: una ración más de pan. Por lo menos, tendría algo que llevarse al estómago.

—¿Ya no vas a volver más? —preguntó la monja.

Candela se sorprendió con la pregunta.

—Volveré siempre que pueda.

—¡Veremos! Esto ya lo he visto antes. Con el nuevo hijo olvidarás la mala conciencia por el otro.

—¡Nunca lo olvidaré! ¡Nunca! ¡Jamás! —bajó la barbilla y reflexionando añadió—: Puede que no venga tan a menudo. No va a ser fácil, y menos ahora con dos criaturas. —Levantó de nuevo la mirada y con lágrimas en sus ojos buscó los de la hermana Valentina—. ¡Pero volveré! ¡Lo juro!

—Ya veremos. —La religiosa guardó en el bolsillo del hábito, bajo el delantal, el paño con las monedas y se marchó sin despedirse.

Y ella volvió al banco del pasillo para esperar su turno con la rectora.

III

Segunda oportunidad para Candela

La mujer habladora salió enfurruñada delante de la rectora, le hizo una señal a su marido y se marchó contrariada. Él la siguió unos pasos detrás, sin inmutarse ni preguntar. Candela sintió curiosidad por lo que había pasado dentro. La rectora permaneció en la puerta mirando cómo se alejaba la pareja y después volvió a entrar en la estancia pidiéndole a Candela que pasara.

Ella entró en la habitación y se sentó sin pedir permiso, pero al momento se dio cuenta de que había hecho algo mal porque la rectora pronunció un irónico:

—Puede sentarse.

Ya se había sentado. Estaba claro que empezaba mal. Se moría por saber lo que había ocurrido con aquella mujer, pero, prudentemente, no comentó nada.

Isabel Zendán era la nueva rectora que había sustituido a la anterior después de que una negligente gestión la llevara a ser apartada del puesto. Hacerse cargo del hospicio no era tarea fácil. El salario para la rectora era más que justo, pero la partida de dinero destinada a mantener en condiciones todo aquel edificio, además de alimentar y vestir a los huérfanos, no cubría ni de lejos esas necesidades. Aquellas paredes hacía años que estaban desbordadas de niños, muy por encima de lo recomendable en un espacio de tales dimensiones. Poco tenía que ver la realidad con las intenciones descritas y anunciadas por la corona en la ley de hospicios. Una ley del rey Carlos IV que, sobre el papel, se comprometía a darles a los expósitos manutención y trabajo. Lo que sucedía era muy distinto. Los niños estaban allí amontonados, desnutridos, mal vestidos, llenos de piojos, víctimas de numerosas enfermedades contagiosas. De cada cien expósitos, entre setenta y ochenta no llegaban a cumplir los diez años de vida. Esa era la realidad, casi todos morían. La ley establecía la necesidad de darles un oficio para que pudieran salir de la mendicidad. Se decía que, al cumplir los ocho años, saldrían unas horas del hospicio para trabajar y que una parte del salario recibido sería destinada a sufragar sus propios gastos y otra parte se guardaría para serles entregada cuando abandonaran la institución. Líneas y líneas escritas. Todo papel mojado. Para aquellos niños era imposible realizar una larga jornada de trabajo, cuando el hambre y la debilidad ni siquiera les permitían crecer normalmente

Isabel hacía lo que podía. Era una mujer aguerrida. Seria, ruda, de rígido caminar. Una mujer que convivía a diario con la mayor bajeza de la sociedad. ¿Qué podía haber más inmoral que abandonar niños? Ellos representaban la miseria, la pobreza, la exclusión social que afecta a los más pobres, a los más débiles, a aquellos que nadie quiere ver, de los que nadie quiere saber.

A todos los que traspasaban aquella puerta les esperaba un destino incierto. A todos. Isabel sabía cuáles eran las tres principales razones del abandono: el desafecto, la miseria y la honra. Dejaban a los niños a las puertas del orfanato, de una iglesia, de la casa de un rico, o en cualquier otro lugar, para que fueran encontrados y los llevaran allí. Sin duda algunos podían ser padres desnaturalizados, pero en la mayor parte de los abandonos la causa era el hambre, simplemente. No había dinero para mantenerlos y los abandonaban.

Algunos niños llevaban señales de pedida: marcas, lazos, a veces incluso algo de ropa o cartas breves con su nombre, indicando que habían sido abandonados contra la voluntad de sus padres, dejados allí solo por culpa del hambre y la miseria, pero que serían recogidos de nuevo cuando las circunstancias mejoraran. Por eso dejaban la señal de pedida, para poder recuperarlos haciendo referencia a aquello que los identificaba, el lazo, la carta, las ropas que les habían dejado. Así había procedido Candela con su hijo, lo había dejado con un lazo marrón atado en una mano y una breve carta mal escrita, casi ilegible, porque no había habido escuela ni para ella ni para su marido. Una carta que decía: «Por este lazo marrón será pedido cuando se recoja la nueva cosecha». Pero el granizo había echado a perder la esperada cosecha, y la siguiente también había sido muy escasa. Así fueron pasando los años, sin que se dieran las condiciones que hicieran posible tener una boca más en la casa. Como sucedía con casi todos los demás expósitos, nunca llegó nadie a pedirlo por su señal.

Por la puerta del hospicio también entraban recién nacidos que no eran abandonados allí a causa del hambre ni por padres desnaturalizados que no los querían, sino porque eran el fruto de la deshonra. Criadas preñadas por los señoritos o los señores de la casa, hijos de curas, de monjas, de mujeres jóvenes solteras… Hijos ilegítimos. Toda una larga casta de niños no oportunos ni deseados, que nada más parirlos eran dados al hospicio. Todo se hacía de manera oculta, en la propia casa o en la sala de partos secreta del hospital. En aquella sala no se tenía en cuenta la condición de la mujer, ni quién era ella ni el padre de la criatura. Solo había una norma: nunca más se volvería a saber del recién nacido. Así era. Nacía y se quedaba con las monjas en el hospicio. De esta manera, nadie conocería jamás el pecado que se había cometido. Isabel no era insensible. Eso no. Pero estaba habituada a su trabajo. A que llegaran allí niños traídos de todas partes, muchos de ellos en las peores condiciones. A veces eran recogidos después de pasar días abandonados como perros. Mojados por la lluvia, cuando no mordidos por las ratas o por los perros callejeros. Extenuados, enfermos, deshidratados, desnutridos, golpeados..., ella había visto de todo. Los acogía y cubría una ficha primorosamente, con todo lujo de detalles: edad aproximada, lugar en el que había aparecido, datos de pedida si los hubiera. Todo lo que pudiera facilitar la recogida de alguno de aquellos desgraciados huérfanos por sus padres arrepentidos. Muy pocas veces lo había vivido. Le sobraban los dedos de una mano para contar los casos de padres que hubieran vuelto por ellos.

Enseguida les daban bautismo, si no se lo habían dado ya. Y después se buscaba un ama de cría que se ocupara de amamantar a la criatura y de cuidarla los primeros años. Aunque siempre había en el orfanato mujeres que daban el pecho allí mismo.

La rectora los cuidaba a todos. Se esforzaba por hacer cuentas imposibles para los gastos de comida y ropa. También procuraba que fueran educados con algo de escuela y de fe cristiana, ambas encomiendas a cargo de don Lucas, el cura. A la escuela solo iban los niños, la doctrina era para todos, niños y niñas. Intentaba buscarles un taller donde aprendieran un oficio. Pero sabía que no se podía encariñar con aquellos niños. Ni darles amor a unos sí y a otros no. La disciplina, el trabajo y el esfuerzo eran allí más prácticos que el amor. Mucho más prácticos. Ella lo sabía.

La rectora se sentó frente a Candela y entonces, sin que ella se lo preguntara, le contó por qué había salido tan contrariada la mujer habladora.

—Se enfadó, como pudo ver, porque no quise darle otro expósito —Candela asintió con la cabeza, incrédula ante aquella confesión no solicitada—. Frunció el morro y salió con mal gesto, ya la ha visto usted…, pero ese pecho no tenía leche para dos. No quiero criaturas muertas por sacar una semana de salario… En ocasiones no tenemos amas de cría y hay que obligar a mujeres casadas a criar a los expósitos, pero cuando las hay, yo decido —hizo una breve pausa—. Y esa mujer no tiene leche suficiente. ¿Y usted? Dígame nombre y edad.

Candela entendió que la confesión había terminado y la rectora se volvía a poner otra vez en el lugar que le correspondía, incluso le había cambiado la voz. Respondió humilde.

—Me llamo Candela Moure Soutullo, y tengo treinta y dos años.

—¿De dónde eres? ¿Estás casada?

—Si, claro. Vengo de la parroquia de San Cristovo das Viñas. Mi marido es Juan Ferro Sobrado.

—¿Cuántos hijos tienes?

—No tengo ninguno más, esta es la primera. Una niña, nació hace trece días.

—¿Treinta y dos años y es tu primer hijo? ¿No se lograron otros? ¿Cuántos partos has tenido?

Candela sintió que le brincaba el corazón en el pecho como un momento antes delante de la visión del bebé muerto. No sabía bien qué decir, qué era lo correcto, si podía o no decir la verdad. Dudó. Y mintió.

—Este es mi primer hijo, sí, una niña. Antes, antes... perdí
dos por esfuerzos. Uno de muy pocas faltas. No estaría preñada
de más de tres meses, la criatura todavía no era persona. El otro
ya casi estaba formado. Era otra niña. Este es el primero que se
me logra. Pero no fue por enfermedades, ¡ni por hambre! Fue
por los esfuerzos que hice trabajando preñada, cargando hierba
y leña. No mentía, lo que decía era cierto. Pero no dijo toda la verdad. Ocultó al varón parido hacía ya nueve años. El que sería
el primogénito. El que todavía estaba entre aquellos muros. Seguramente muy cerca. Y del que desconocía su nombre, su
rostro... Nada, no sabía nada de él, pese a los muchos años
que había estado trayendo lo poco que podía para que la hermana Valentina lo criara algo mejor. Solo algo mejor. Lo único
que sabía era que estaba vivo. Y nada más. Esa había sido la
condición de la monja. Hasta era posible que hoy se hubiera
cruzado con él por aquellos pasillos sin reconocerlo.

—Enséñeme los pechos. Póngase de pie —ordenó la rectora.

Candela se subió la camisa y mostró los pechos. Isabel se
acercó a ella y apretó fuerte. Primero un pecho y después el
otro. La ordeñó como si se tratara de un animal. Comprobó
el chorro de leche abundante y después recogió un poco en
la palma de la mano. Lo olió y lamió un poco con la lengua.

—Tápate.

Así lo hizo, aguardando la sentencia sobre si era o no apta
para criar. Antes de decir nada, la rectora le miró los dientes y
las encías que podían informar sobre desnutrición y enfermedades. Por fin habló.

—Te voy a dar una niña. ¿La tuya has dicho que tiene trece
días?

—Sí.

—La leche todavía no está bien formada, mejorará bastante el primer mes. Te voy a dar una niña que tiene unos dos meses y medio, la abandonaron en el torno hace dos días. Será bueno para ti. Tira mejor del pecho y eso ayuda a producir más leche. Ten cuidado ahora al principio de que no le deje el pecho vacío a tu hija. Esta tiene más fuerza para chupar. Pon primero a mamar a la tuya y después a esta. Se llama Concepción.

—¿Y la han entregado con señal? ¿Tiene padres? —preguntó Candela, inocente.

La rectora se había puesto en pie para tirar de la cuerda que hacía venir a la muda. Se volvió hacia ella sorprendida.

—¿Pero qué clase de pregunta es esa? ¡Claro que tiene padres! ¡Todos tenemos padres! Aunque algunos descastados abandonen a sus hijos y les dejen señales para después no venir nunca a buscarlos y permitir que se pudran aquí.

Candela ocultó el rostro bajando la cabeza para disimular las lágrimas que asomaban a sus ojos. Mientras, la muda llegaba para recibir el encargo de traer el bebé y una cesta de ropa limpia. La rectora cubrió otra minuciosa ficha para la nueva ama de cría.

—Recibirás 36 reales al mes, y deberás presentar al expósito a la Junta del Hospital de la Caridad siempre que se te pida, sin demora. Respondes de su bienestar y debes asegurarle un buen trato. Si enferma, has de traerla al médico del hospicio. Esas son tus obligaciones. ¿Has entendido todo bien?

—Sí señora, perfectamente. La alimentaré y la trataré bien.

—Eso espero. Vas a recibir también un ajuar de ropa para la pequeña, corre por cuenta de la Congregación de los Dolores. Sale de las limosnas de los feligreses. No es mucho, pero cubrirá sus necesidades. En adelante, te iremos suministrando ropa de su talla.

La rectora todavía le dio varias recomendaciones más sobre la crianza.

Cuando trajeron a la niña envuelta en una manta, primero la cogió Isabel y después se la entregó a ella. No abultaba mucho más que su propia hija, aunque esta ya tenía dos meses y medio. Separó la mantita y descubrió una hermosa cara de niña, con los ojos azules agrisados y una piel morena que los resaltaba. Se veía espabilada, y con mucho pelo, bastante largo para su edad. Y Candela sonrió mirando a Concha.

IV

Un médico diferente

Cuando Clemente de la Caridad consiguió llegar hasta el dormitorio, estaba a punto de desmayarse. Había perdido sangre, no mucha para lo grande que era la herida, pero sobre todo la visión de aquel colgajo de carne y piel desprendido del muslo lo turbaba e inducía al mareo. No quería mantener la vista fija en aquella fea herida, pero podría jurar que había llegado a ver el hueso y aquello le producía náuseas. Tuvo las fuerzas justas para poder llegar al catre. Durante el día no les estaba permitido permanecer en los dormitorios. Y mucho menos salir del edificio o robar, pero todos los que tenían edad suficiente para burlar la vigilancia de las monjas lo hacían con frecuencia. Aquella horrible herida delataba que había faltado doblemente contra las normas: escaparse y hurtar.

Se dejó caer en el camastro y se envolvió en la manta. Era una manta tan vieja que estaba rota por varios sitios, pero, aun así, no era de las peores. El reguero de sangre había dejado un rastro desde la entrada. Poco le importaba ahora que las monjas pudieran enfadarse cuando lo vieran. Solo le preocupaba aquella pierna herida. Miró al techo y perdió el conocimiento.

Ezequiel lo encontró allí, desplomado sobre el catre, cubierto de sangre, con la pierna destrozada y un trozo de carne colgando. Creyó que estaba muerto. Gritó tanto que las monjas y los otros niños acudieron en tropel. Tuvieron que sacarlo de allí a la fuerza, agarrado al herido y también él cubierto de sangre. Todo eran gritos, lamentos, y lágrimas de los más pequeños asustados por la escena. A la hermana Valentina le costó calmarlos, conseguir que se callaran y que los pequeños dejaran de llorar, contagiados unos de otros. La rectora Isabel Zendal también apareció en la puerta.

—¡Callaos! ¡La histeria no soluciona nada! —Le puso dos dedos en el cuello al muchacho herido y apretó fuerte sintiendo el débil latido.

—¡Está vivo! Rápido, dadme un paño para apretar esta herida. Hay que hacerle un torniquete y llevárselo al doctor Posse Roybanes.

Así se hizo. Las órdenes claras y concisas de la rectora pusieron punto final al caos de las monjas y los niños. Inmediatamente los trasladaron a la sala de curas del Hospital de la Caridad anejo al hospicio. Los llevaron a los dos, a Clemente y a Ezequiel. El segundo preso de un ataque de nervios y también ensangrentado, no se sabía si de sangre propia o ajena.

El doctor Posse Roybanes no era como los demás. Tenía unos cincuenta años o estaba cerca de ellos, y era un científico y hombre de bien. Adelantado a su época, estaba muy lejos de muchos de aquellos médicos que practicaban una medicina mística, a caballo entre la ciencia y la religión, poco abierta a los nuevos avances y en la que lo que no tenía explicación empírica, se explicaba por la intervención divina. Aquellos doctores, como mucha otra gente, miraban mal a los expósitos. Los consideraban un desecho de la sociedad, hijos de la miseria, de la depravación y de tantas otras cosas que en realidad podrían ser achacables a los padres pero no a ellos. Creían que los expósitos traían el pecado de sus padres impreso en el alma. Por eso, la primera medida en aquel hospicio, y en todos los demás, era darles el bautismo para alejar de ellos el mal, ese mal intrínseco tan difícil de lavar. También sus enfermedades les parecían naturales a los médicos. Los niños del orfanato padecían frecuentemente de tiña, piojos, parásitos, todo tipo de fiebres, enfermedades epidémicas y crónicas, bajo peso, taras e incluso deformaciones por malos embarazos. En ocasiones también padecían sífilis y otras enfermedades heredadas de las madres prostitutas y alcohólicas, promiscuas e infieles. Para muchas personas de bien, aquellos niños ni siquiera merecían atención médica. Bastante se hacía con mantenerlos e intentar sacarlos de la calle.

El doctor Posse Roybanes no era así. Él trataba a los expósitos con interés y preocupación. Les hablaba, escuchaba lo que le decían e incluso, frecuentemente, les peinaba el cabello con sus manos. Tenía una especie de fijación con verlos peinados y aseados. «Estos niños lavados, vestidos y peinados, serían otra cosa, y tendrían otra consideración», decía en más de una ocasión. Era un hombre ilustrado, al tanto de publicaciones y avances médicos, incluso de los que se producían en el resto de Europa. Y eso mientras que en España todavía se sentía el peso de la Inquisición y los inquisidores seguían interfiriendo en las prácticas médicas. Siendo un hombre religioso, que lo era y mucho, el doctor Posse Roybanes creía más en la medicina de los humanos que en la divina.

La hermana Anunciación, una monja fuerte y grande, traía en brazos al muchacho que seguía sin sentido. Entró en la sala de curas precedida de la rectora y seguida de tres o cuatro monjas más y de Ezequiel, al que llevaban a empujones para que dejase de llorar.

De este modo, y entre un inmenso jaleo, se presentó la comitiva frente al sorprendido doctor.

En la estancia había un catre cubierto con una sábana inmaculadamente blanca, perfectamente lavada de las manchas producidas por las curas habituales.

—¿Lo dejo aquí? —preguntó la monja forzuda, temerosa de manchar la sábana.

—Déjelo, déjelo —contestó el doctor levantándose de la silla en la que estaba sentado escribiendo sobre una mesita de estudio que había en el cuarto.

—Es que está lleno de sangre... y... de mierda —comentó la monja sin mucho acierto—. Está muy guarro —precisó más.

—Como todos, hermana Anunciación, como todos. Poca higiene ven estos niños —respondió el doctor.

La monja, muy a su pesar, depositó al pequeño sobre la sábana ensuciándola completamente.

Sin perder tiempo, la rectora les pidió a todos que salieran, y a la hermana Anunciación que esperara en la puerta porque la necesitarían más tarde para transportar al niño de vuelta al dormitorio.

El doctor Posse intervino.

—No creo que este niño pueda volver de momento al hospicio, doña Isabel. Despache también a la hermana Anunciación. Con la pierna así va a necesitar unos días de hospital.

Ella así lo hizo.

Ya a solas los cuatro, se recuperó la tranquilidad. El pequeño herido no volvía en sí. El doctor lo examinó.

—La herida es fea y ha perdido mucha sangre. Se ha debido clavar algún tipo de hierro, espero que no estuviera oxidado. Esto tiene pinta de acabar en fiebres. Lo vamos a dejar aquí, recobrará el conocimiento con unas sales y después habrá que

coserlo y mantenerlo vigilado unos días. Puede irse tranquila, doña Isabel, envíeme a dos enfermeras para que me asistan.

—¿Y el otro?

—El otro también se queda en observación.

La rectora era enormemente respetuosa con la autoridad sanitaria. Asintió con la cabeza y, sin pedir más explicaciones, salió para avisar a las enfermeras.

Cuando la rectora se fue, el doctor Posse Roybanes se dirigió a Ezequiel.

—Ya sé que esta sangre no es tuya, pero querrás acompañar a tu amigo unos días aquí, ¿verdad? Estarás mejor alimentado que en el orfanato y puedes echarme una mano en mis trabajos.

Ezequiel sonrió.

El doctor lo tomó como un sí.

—¡Perfecto! Venga, acércame de ahí ese frasco de sales de amoníaco. Se las vamos a dar a inhalar a este dormilón desvanecido para que se despierte. Me parece que el desmayo, más que la sangre que perdió, se lo ha producido la aprensión al ver la herida. —Y el doctor le guiñó un ojo.

V
Asistente de biblioteca

Instalaron a los niños en dos catres contiguos en una larga sala del hospital con muchas otras camas para los enfermos. Todos eran hombre y adultos en aquella habitación. Había variedad de dolencias: males de pulmón, calenturas, enfermedades de los huesos, fracturas por palizas, enfermos que expectoraban sangre, otros que la devolvían desde las tripas... Las enfermeras aplicaban emplastos, friegas con compuestos de la botica, jarabes varios, tisanas medicinales... También se hacían inhalaciones y limpieza de sangre con sanguijuelas. Clemente de la Caridad, tal y como había anunciado el sabio doctor Posse Roybanes, tuvo fiebre a los pocos días. El desgarrón de la carne del muslo había sido meticulosamente cosido por el médico. Diariamente las monjas enfermeras limpiaban la sangre y el pus de la herida que cogió mal color y mal aspecto. No dejaba de supurar. Las monjas levantaban el vendaje, limpiaban con agua y jabón, aplicaban emplastos de plantas medicinales y volvían a vendar. La fiebre apareció al cuarto día, pero remitió pasados otros dos. Y desde ese momento todo empezó a ir mejor.

—Eres fuerte —anunció el doctor—. Estás consumido por el hambre y tus huesos no son de la talla que debieran a causa de la mala alimentación, pero tienes un cuerpo fuerte y agradecido.

—No le había llegado su hora —argumentó la hermana Custodia, la enfermera mayor—. El Señor decide el momento de cada uno y a este niño no le tocaba irse con Él.

—Efectivamente, el Señor decide a quien se lleva a su seno, hermana, pero le puedo asegurar que hay cuerpos fuertes y cuerpos débiles. He tenido ocasión de ver a hombres hechos y derechos, soldados, guerreros, bien alimentados, recios y aguerridos, que se consumieron por enfermedades que otros superaron sin dificultad. Es lo que sucede con la viruela, ¿por qué unos mueren y otros la superan? Pasa incluso entre miembros de la misma familia, padres, hijos, hermanos. Le aseguro que no todos los cuerpos son iguales ni reaccionan de la misma manera a las enfermedades.

—Es Dios quien decide la vida y la muerte.

—Dios decide, pero los humanos podemos investigar, prevenir, curar, mejorar las condiciones de vida y echarle a Dios una mano para que no tenga que ocuparse de tantos hijos moribundos, ¿no le parece, hermana Custodia?

La monja se limitó a torcer el gesto y se calló. Era muy evidente que no le gustaban las ideas innovadoras del doctor.

—Y este otro, ¿qué? No tiene nada. Se pasa el día levantado. Este niño debería volver al hospicio que es donde tiene que estar.

—Me levanto para atender a los enfermos, algunas veces piden agua, o quieren hablar —Ezequiel se sintió en la necesidad de defenderse.

—Este también se va a quedar aquí un par de días más. Aún está débil, le vendrá bien recuperar fuerzas y alimentarse algo mejor. Si, además de eso, no les da trabajo a ustedes, todavía mejor, ¿no cree?

Y por segunda vez en aquella corta conversación, la hermana Custodia torció el gesto.

Antes de continuar con la visita matinal a los pacientes, el doctor se dirigió a Ezequiel:

—Dentro de una hora ven a mi despacho.

El despacho era en realidad la biblioteca del hospital. Despacho y biblioteca, todo junto. Un lugar de reflexión, estudio, reposo y escritura que compartían los médicos. Todos los documentos que allí había eran, naturalmente, libros de consulta: tratados científicos, de anatomía, libros sobre enfermedades y tratamientos, escritos y revistas varias.

El muchacho llamó suavemente a la puerta, con miedo. Le imponía ir a hablar con el doctor en la sala donde posiblemente había otros médicos, todos ellos hombres de estudio de la Universidad de Santiago de Compostela, personas cultas y distinguidas que no se dirigían nunca a los desarrapados del orfanato y, mucho menos, los citaban en su despacho. Por eso a Ezequiel le temblaban las piernas. Se peinó con las manos antes de entrar y echó un poco de saliva en los dedos para después frotarlos por la cara para limpiarla de cualquier suciedad. Ni siquiera sabía cómo tenía que tratar al doctor, si llamarlo señor o doctor, así que se decidió por las dos cosas, la opción que sin duda le pareció más respetuosa.

Llamó, entreabrió la puerta y asomando la puntita de la nariz saludó:

—Señor don doctor Posse Roybanes, ¿está usted aquí?

Desde el fondo de la sala le llegó la estruendosa carcajada que aquel saludo había provocado en el médico.

—Pasa, pasa, Ezequiel, y llámame solo doctor Posse, por favor. Es suficiente. —Se volvió a reír.

El niño entró con la cabeza baja, sin entender muy bien la causa de aquella risa. Avanzó por la estancia observando de reojo las estanterías llenas de libros. Había allí más de los que él pudiera soñar y, desde luego, muchos más de los que nunca pensó que hubiera gente dispuesta a escribir. Había también tres mesas y en la última de ellas, igualmente cubierta de libros y papeles, lo esperaba el médico. Le indicó que cogiera una silla para sentarse junto a él. Aquel niño le había caído en gracia.

Ezequiel tenía nueve años, ya estaba en edad y disposición de trabajar unas horas fuera del orfanato para aprender un oficio, pero la rectora todavía no había encontrado un taller en el que colocarlo de aprendiz. Los expósitos no tenían buena fama. Unos pensaban que eran portadores de enfermedades contagiosas, tal era el número de ellos que moría; otros creían que en aquellos niños anidaba el mal porque habían sido fruto del pecado de sus padres; y todavía estaban otros que no confiaban en ellos porque aseguraban que eran ladrones y delincuentes potenciales. No era fácil encontrarles un taller en el que aprender un oficio.

Él lo sabía. No hay nada que haga madurar más a un niño que la carencia, el hambre y la soledad. En el orfanato podría permanecer hasta los diez años, como mucho hasta los catorce, pero algún día tendría que salir de allí y hacerse un hombre. Trabajar, para no tener que robar. Para sobrevivir. Para tener un futuro y, ¿por qué no?, una familia. Ezequiel estaba convencido de que él sería un buen esposo, le gustaría tener alguien a quien acariciar y que lo acariciase. Sería muy feliz sintiendo besos y caricias en la piel, tenía mucha hambre de amor. Y también estaba convencido de que sería un buen padre. Algunas veces pensaba que él nunca abandonaría a un hijo, como habían hecho sus padres con él. Pensaba que se necesita ser muy cobarde para hacer algo así. Durante años había sentido un fuerte rencor contra los padres que lo habían abandonado, una rabia alimentada durante largas noches sin dormir por los quejidos de los compañeros agonizantes, o los tísicos que tosían y no paraban de escupir sangre. ¡A cuántos había visto morir! ¿Quién podía querer aquello para un hijo? Pero ahora ya no pensaba en sus padres. Hacía tiempo que había dejado de hacerlo. Vivía sin rencor y también sin el ansia de saber quiénes eran, simplemente los había borrado de su vida y de sus pensamientos, igual que ellos habían hecho con él.

Pero ni en el mejor de sus sueños podía haber imaginado lo que el doctor Posse Roybanes le ofreció. Le contó que tenía un trabajo para él. Que necesitaba un ayudante porque era necesario ordenar todos los libros y escritos de aquella biblioteca hospitalaria, e incluso transportar algunos ejemplares desde su domicilio particular hasta allí. Ezequiel abrió los ojos de una cuarta, sorprendido e ilusionado por una confianza tan grande. Pero entonces el doctor lo precipitó a la realidad con una agria pregunta.

—¿Sabes leer?

Fue una bofetada de realidad. ¿Cómo se iba a hacer cargo de aquella biblioteca si no sabía leer? Lo primero que se le pasó por la cabeza fue proteger aquella maravillosa oferta mintiendo, diciendo que sabía, pero lo que su boca pronunció fue la verdad.

—No sé leer.

No podía mentir porque enseguida él mismo se delataría. Y además, el doctor Posse no merecía una mentira.

—Pero aprendo muy deprisa, señor —añadió.

El doctor sonrió.

—Estoy seguro de que sí. Hablaré con la rectora doña Isabel para que te permita venir todos los días a aprender. Te enseñaré en el tiempo que me quede libre. Pero eso sí, debes aplicarte. Si en un mes no lees correctamente, buscaré otro ayudante. ¿Te ha quedado claro?

—¡Completamente! —respondió entusiasmado.

—Solo una cosa más... He visto a la hermana Valentina llevándote al camastro del hospital una ración de pan. Nunca me ha parecido una mujer sensible, más bien todo lo contrario a decir verdad. ¿Por qué hizo eso? ¿Es tu madrina de bautismo?

—¿La picada? —preguntó espontáneamente el muchacho, y al instante se dio cuenta de la metedura de pata.

—¿La picada? ¡Vaya! ¿La llamáis así los niños por las marcas de la viruela?

Ezequiel bajó la cabeza avergonzado.

—Sí. No se lo he puesto yo. Se lo llaman todos por los agujeros que tiene en la cara y en las manos. Pero ella no lo sabe. No se lo diga, por favor, se pondrá furiosa. Algunas veces nos peleamos y ella nos pega con una vara de mimbre. Pero de vez en cuando me sirve más ración en la comida, o me trae a escondidas pan de maíz, un trozo de bolla, manzanas, fruta... No sé por qué lo hace. Solo pasa de vez en cuando.

—¿Hace lo mismo con otros niños?

—Creo que no. No lo sé. Ellos tampoco saben lo que me da a mí.

—¿Y nunca te ha dicho por qué lo hace?

—No. Algunas veces me dice: «Cógelo, pobre desgraciado, así se limpian las conciencias». Pero no sé qué quiere decir.

—Ya... —el doctor guardó silencio unos instantes, después añadió—: ¿Y tenéis otros apodos?

—Solo al padre Lucas.

—Al padre Lucas... ¡Vaya! ¿Y cómo le llamáis?

Ezequiel respondió con la naturalidad de quien obra sin malicia.

—El cuervo. Ya sabe... Porque siempre va de negro.

El doctor volvió a reírse. Después despidió al muchacho con la promesa de hablar con la rectora y pedirle licencia para que fuera su ayudante. Antes de que se marchara, le midió los pies para comprarle unos zapatos de su talla y le dio un paquete con ropa usada del hijo de un comerciante amigo.

—Un ayudante de biblioteca no puede ir vestido con harapos.

VI

Fuertes y débiles

Las semanas y los meses se sucedieron rápidamente. Isabel accedió sin objeciones a que Ezequiel echara una mano en el hospital para ordenar la biblioteca, un trabajo muy necesario e importante. E incluso se volcó en la formación del muchacho para que pudiera cumplir su cometido. Además de los pocos momentos que el doctor podía dedicar a enseñarle las letras, la propia rectora le dio clases diarias, unas veces con él a solas y otras compartidas con su hijo de siete años, Benito. Leer y también escribir, Ezequiel precisaba de ambas cosas.

La labor que se le encomendó en la biblioteca consistía en hacer lo que lamentablemente nadie había hecho nunca: clasificar, ordenar, identificar y limpiar cada libro, cada tratado, cada revista y publicación. No era una tarea fácil, se necesitaba saber leer perfectamente y comprender las materias de las que trataba cada documento para poder clasificarlo siguiendo las precisas instrucciones del doctor Posse Roybanes. La biblioteca tenía un buen número de documentos que habían sido reunidos durante años. Largos y altos estantes llenos de libros, algunos muy viejos, unos comprados por el hospital y otros donados por distintos médicos que habían pasado por allí. Cada libro tenía que estar numerado y codificado, cada código de letras y números debía indicar un lugar concreto en las estanterías y era apuntado con letra clara y sin errores en unas fichas ordenadas alfabéticamente que servían de índice. Ezequiel tuvo que aplicarse mucho para estar en condiciones de cumplir el encargo.

Su estancia hospitalaria había sido breve, solo cinco días. Y en todos y cada uno de ellos se quejó la hermana Custodia que nunca creyó que aquel trato fuera necesario. No resultaba fácil engañarla, era la enfermera mayor y de sobra sabía que Ezequiel estaba ingresado sin necesidad. En el caso de Clemente de la Caridad, el tiempo de permanencia fue mayor, algo más de dos semanas. Las fiebres fueron remitiendo, pero tras quitarle los puntos todavía el doctor lo dejó hospitalizado unos días más para que su cuerpo se fortaleciera. Después tuvo que regresar a la inclusa con todos los otros expósitos.

Algunas veces, Clemente pensaba en la suerte que había tenido Ezequiel y en cuánto le hubiera gustado a él ser el asistente de la biblioteca. Su amigo vestía mucho mejor que los demás con la ropa que el doctor le había conseguido y calzaba zapatos de su talla. ¡Zapatos nuevos! Se le veía contento e ilusionado. Clemente de la Caridad envidiaba todas aquellas horas que Ezequiel pasaba aprendiendo a leer y a escribir porque él casi no sabía. Envidiaba el tiempo que pasaba en el hospital, liberado del ambiente miserable del orfanato. Envidiaba todo lo que estaba aprendiendo de medicina, de buenas maneras, de hablar correctamente… Envidiaba mucho, pero sin maldad. Simplemente, le hubiera gustado ser él el elegido. Más de una vez acompañó a Ezequiel en el trabajo y los dos pasaron horas moviendo libros, limpiándoles el polvo y tratándolos con más mimo del que cualquier niño de la inclusa recibiría jamás.

Pese a ser de la misma edad, él siempre había sido más débil. Tenían ambos una relación estrecha, pero no de igual a igual, más bien se podría decir que uno protegía al otro.

Ezequiel cuidaba de Clemente. Uno era el fuerte y el otro el débil. Ezequiel era un luchador. Él no. Y se avergonzaba a menudo de su condición.

En los primeros días, tras su regreso a la inclusa, Clemente de la Caridad tuvo dispensa para permanecer tendido en la cama cuando le doliera la pierna. Normalmente estaba prohibido quedarse en el dormitorio durante el día, pero a él se lo consintieron un tiempo hasta que se curó. El hueso había sido afectado y eso le producía una cojera que, si bien los doctores calificaron de transitoria, precisaba descanso.

Fue uno de aquellos días cuando Ezequiel, después de pasar dos horas de estudio, buscó a su amigo. Al no encontrarlo con los otros niños, se dirigió al dormitorio para ver si estaba descansando en la cama. Nada más entrar en el cuarto, asistió atónito a una escena que no se esperaba. Tomás, uno de los mayores, un muchacho de trece años que pronto abandonaría el hospicio, apuntaba con un hierro a la garganta de Clemente de la Caridad que permanecía tendido en la cama.

Ezequiel se ocultó tras la puerta y escuchó.

—Hace mucho tiempo que no me entregas tu pan.

—He estado en el hospital, ya lo sabes —lloraba Clemente.

—Sí, pero allí también comías, ¿no? Y mejor que aquí seguramente. Pero no guardaste la parte que me corresponde. Así que me la debes, y tendrás que pagármela. Quiero que me entregues doble ración de pan todo el mes. La tuya y la que me debes.

—¿Doble ración? ¿De dónde voy a sacar otra?

—La robas, como hiciste con aquella manzana, que estaba muy rica, por cierto. Ahora tienes a Ezequiel metido en el hospital, con esas ropas tan buenas y comiendo mejor que nosotros. Allí hay pan suficiente. A partir de hoy, doble ración. Y ya te iré pidiendo otras cosas, porque no debe ser difícil robarles el dinero a los enfermos agonizantes sin que se den cuenta.

—No puedo hacer eso. ¡Yo no puedo ir al hospital!

—Sí que puedes. Ya te iré pidiendo —y presionándole más la garganta con el hierro afilado hasta hacer saltar una gota de sangre, añadió—: ¿O prefieres que te clave el hierro en el cuello como hice con la pierna?

Ezequiel se quedó sin respiración al enterarse de que no habían sido las gentes, ni las vendedoras de la plaza quienes habían herido a Clemente, había sido aquel matón. Lo escuchó dirigirse hacia la puerta donde él estaba y salió corriendo, huyó de allí lo más rápido que pudo para que Tomás no se diera cuenta de que había escuchado sus amenazas.

Corrió despavorido hasta el patio interior donde jugaban todos, se metió entre los pequeños y no se sintió a salvo hasta que se ocultó detrás de un arbusto del jardín central. Desde allí observó, mirando entre las hojas. Tomás también había entrado en el patio, pero no parecía que lo estuviera persiguiendo o que lo buscara, simplemente había ido allí porque ese era el lugar habitual para estar a aquella hora. Se quedó más tranquilo. Aun así, dio un paso atrás para sentarse protegido por las ramas, fue entonces cuando se percató de la presencia llorosa de Inés, también refugiada allí.

—¡Vete! —le grito la chica con la cara enrojecida y empapada por las lágrimas.

Inés era, junto con Clemente, su mejor compañía en aquel lugar. Había llegado hacía solamente un año, pero se había hecho imprescindible en sus vidas, una mezcla de amiga y madre. Ella no era una niña abandonada al nacer como casi todos los que allí estaban. Inés había llegado al orfanato con nueve años, al quedarse huérfana. La habían traído una tarde escoltada por los alguaciles. Ella no quería estar allí, no quería ver a nadie y trataba como a un perro a cualquiera que se le acercase. Ezequiel y Clemente de la Caridad dormían en los dos catres que la flanqueaban. Todas las noches los despertaban los llantos desconsolados de la muchacha, las patadas que le daba al camastro, los gritos e insultos que salían de su boca. Hasta que un día dejó de hacer todo eso, se calmó y ya quedó calmada para siempre, aunque también triste. A los dos o tres días, una madrugada, Ezequiel se despertó y vio a Clemente junto a la cama de Inés acariciándole el pelo hasta que la niña cerró los ojos y se durmió. Aquello era lo que la calmaba, las caricias de Clemente. Ezequiel lo sustituyó la noche siguiente, y así se fueron turnando los dos, hasta que las caricias ya no fueron necesarias, hasta que Inés fue capaz de devolverles alguna sonrisa, aunque fuera con lágrimas en los ojos.

Necesitó mucho tiempo la niña para curarse de aquella melancolía. Así la había llamado el doctor: el mal de la melancolía. Se la podía llamar como se quisiera, pero lo que tenía Inés era una pena muy honda. Tardaron mucho en saber su historia, aunque algo ya sospechaban por las marcas que llevaba impresas en la piel. Todos en su casa habían tenido la viruela. Primero se descubrió en el hermano pequeño. Su madre lo encerró en un cuarto al que solo entraba ella, que fue la siguiente en padecer la enfermedad, y a continuación Inés y su padre. La noticia se extendió como la pólvora por la aldea en que vivían. Nadie se acercaba a la casa, nadie acudió en su ayuda. La madre hacía terribles esfuerzos para levantarse, para salir a buscar comida a la huerta, para matar gallinas y alimentarlos, fue la última en morir. La última después de cuidar las fiebres y desvaríos de todos los demás, también de Inés, que sorpresivamente un día empezó a mejorar. A ella le tocó cuidar de la madre hasta que dejó de respirar deformada por las pústulas hasta la monstruosidad. Nadie se presentó para enterrar a los muertos. Nadie fue a preguntar si tenían comida. Nadie se preocupó de si había supervivientes. Hasta que el olor que desprendían los cuerpos sin vida salió al exterior y comenzaron a ver a Inés en la huerta matando ella misma a los animales para poder comer.

Los alguaciles tuvieron que sacarla de allí a la fuerza, rabiosa como un perro, porque no quería abandonar los cuerpos de su familia.

Y así llegó a la inclusa. De eso hacía un año.

Y así se hicieron inseparables los tres.

Inés era todo bondad. Inteligente, hermosa, cariñosa. Ezequiel bebía los vientos por ella, por eso no era capaz de entender aquella actitud arisca que ahora tenía.

—¿Quieres que me vaya? ¿Qué pasa? ¿Qué te pasa? —le preguntó acercándose al escondite donde ella estaba sentada.

Pero Inés únicamente volvió a gritarle que se fuera, y agarrándose el vestido entró llorando en el edificio.

Allí dentro se escondió. Tardó en aparecer, las monjas buscaron durante horas antes de dar con ella. Fue la propia rectora quien la encontró en el cuarto donde se doblaba la ropa y se guardaban los enseres. Allí, en un rincón del fondo y a oscuras, estaba llorando.

Isabel Zendal abrió la puerta y se acercó a la niña, más extrañada que enfadada por su comportamiento, no hubiera sido así de haberla encontrado cualquier monja harta de buscarla.

—¡Nena, estás aquí! Todos te estamos buscando desde hace horas. ¿Qué pasa? ¿Por qué lloras? ¿Quién te ha hecho daño? ¿Por qué te escondes?

Inés no dijo nada y permaneció en el rincón, enroscada sobre sí misma como un animal herido.

Isabel sabía qué era lo único que funcionaba con ella. Se le acercó más y empezó a acariciarle el pelo.

—¿Qué pasa, mi niña? ¿Quién te ha hecho daño?

Inés se puso a llorar más intensamente. La rectora esperó a que se serenase, y entonces la niña habló:

—Me estoy muriendo.

Isabel no podía esperar aquella respuesta.

—Me voy a morir, como todos los que yo quería.

—¿Qué dices? ¿Qué tontería es esa? Tú no tienes la viruela, eso ya pasó hace mucho tiempo y tú has sobrevivido. Apenas te quedan marcas en el cuerpo, hasta en eso has tenido suerte.

—¡No es la viruela!

—¿Qué te pasa, entonces?

La pequeña extendió tímidamente la falda y se la mostró a la rectora toda ensangrentada.

Isabel vio la sangre y comprendió. Cogió a la niña y la estrechó con fuerza entre sus brazos.

—No te estás muriendo, Inés, no pasa nada, esto es normal. Ya eres mujer. Todas las mujeres sangramos unos días al mes. Todas. ¿Tú no lo sabías?

La niña negó con la cabeza. Y la rectora volvió a abrazarla contra su pecho.

—Claro que no lo sabías... ¿Quién te lo iba a decir? Ni yo misma me acordé de hacerlo. Solo tienes diez años. Normalmente aquí las niñas se atrasan hasta los trece o catorce años porque no están bien alimentadas. Debía haber pensado que tú venías de tu casa y has estado comiendo bien todos estos años. De todas formas, es pronto. Pero la vida es así. Ven conmigo a mi habitación, cambiaremos esas ropas y te enseñaré cómo utilizar los trapos cuando estés así. Te daré algunos. No pasa nada. No pasa nada…

E Isabel se fue con la niña comprendiendo que, por mucho que pretendiera no amarlos, ya los quería. Y también que debía estar más atenta porque allí los niños eran débiles y resultaba fácil hacerles daño.

VII

La rectora doña Isabel

En las horas que Ezequiel pasó con la rectora, descubrió a una mujer que no conocía. La rectora vivía escondida detrás de una máscara de dureza, pero era en realidad una mujer afligida y preocupada por los niños. Su propia vida no había sido fácil. Era madre soltera. Un estigma que hacía desaparecer cualquier posibilidad de tener un amor. Estaba enterrada en vida. Había sido valiente para no hacer como tantas otras que abandonaban al hijo en un hospicio para evitar verse señaladas de por vida. Ella tuvo a la criatura y se hizo cargo de él. Sola, sin marido, porque aquel hombre no quiso saber nada de su hijo y así la mancha del pecado quedó toda para ella. Aunque el padre reconoció a Benito que llevaba su apellido: Vélez. Benito Vélez, así se llamaba.

El pequeño tenía ya siete años y nadie hubiera esperado que el puesto de rectora del orfanato se lo concedieran a doña Isabel siendo madre soltera. Pero así fue. Llegó a la inclusa con Benito y los dos dormían juntos en el mismo cuarto.

No era el suyo un gran puesto, pero a poco más podía aspirar una mujer. El horario de trabajo era de sol a sol, sin descanso. La rectora debía vivir en el mismo edificio, y eso significaba días y noches de trabajo, atendiendo a niños enfermos a cualquier hora y acogiendo a nuevos abandonados fuera cual fuera el momento en que se presentaran. La mayor parte de las veces que funcionaba el torno era cuando el resto del mundo dormía. A esas horas se dejaba a los niños abandonados, para huir a continuación en la oscuridad de la noche.

Ser rectora requería una determinada formación, saber leer y escribir, poder atender a las cuentas, cierto don de gentes, educación, capacidad para el trato con las religiosas y el patronato, habilidad en los negocios y para las compras, tener nociones básicas de atención sanitaria..., además de firmeza con los niños y rectitud de conducta. Ese había sido el mayor escollo para conseguir el puesto, porque varias voces se alzaron haciendo notar que Isabel Zendal tenía un hijo de soltera y, por tanto, había caído en pecado entregándose a un hombre sin estar casada. Había faltado al honor y a las leyes de la Iglesia, ambas cosas. Pero alguien consiguió darle la vuelta a la historia al convertir aquel inconveniente en un acto de caridad hacia una mujer marcada con aquella culpa y que tenía un hijo al que mantener. Además, necesitaba tanto el puesto ahora que se había quedado huérfana de padre y madre, que eso garantizaba que no daría problemas y que trabajaría sin descanso. Así fue como Isabel Zendal accedió al cargo de rectora del orfanato de A Coruña con un salario de cincuenta reales mensuales, una libra de pan al día y harina de trigo.

Pero, sobre todo, conseguir el puesto había hecho cambiar de cara a todo el mundo. La nueva rectora se hizo respetar por su trabajo y también por lo que significaba socialmente la institución del hospicio, a nadie se le escapaba la importancia de la labor desempeñada.

Y así lo entendió Isabel, como una gran oportunidad para ella y para su hijo. Estaba agradecida de poder ejercer un puesto de trabajo que les quitaría el hambre a los dos. Esas eran todas sus ambiciones: criar a su hijo para que llegase a ser un hombre de bien y cumplir a la perfección las tareas de rectora de la inclusa. El amor y la vida en pareja no entraban ya en sus planes. Daba por hecho que tener un hijo siendo soltera suponía renunciar para siempre a la vida amorosa y, a decir verdad, tampoco estaba totalmente recuperada del dolor del abandono. Se había enamorado de un hombre, tanto que se había entregado a él por completo y este, cuando se enteró de que estaba embarazada, le había dado la espalda. Se apartó de ella dejándola sola con una criatura que estaba en camino. Lo había querido mucho y todavía echaba de menos aquel amor, pero su comportamiento le había demostrado a las claras que aquel hombre nunca la había amado. Isabel era una mujer que se estimaba a sí misma, por eso, si aquel sinvergüenza apareciera de nuevo por su puerta, estaba segura de que no volvería a abrirle el corazón. El amor hay que ganárselo y quien produce tanto dolor no merece una segunda oportunidad. Ella se quería, no era como tantas mujeres a las que sus parejas les daban palizas a diario, las engañaban con otras amantes, y que siempre perdonaban porque creían no ser nada sin ellos. Ella no. Ella sobreviviría sola y criaría a su hijo. No perdonaba, pero no le quedaba más remedio que reconocer que su herida todavía no estaba curada. Al principio pensó que sería cuestión de tiempo, pero, pasados siete años, ya no sabía cuándo dejaría de sentir aquella tristeza. Aquella incapacidad para confiar de nuevo en el amor.

Con respecto a los niños del hospicio, ¿qué decir?... Isabel hacía lo que podía.

El orfanato de A Coruña tenía una década de vida, había sido inaugurado en 1793 para descargar la Casa de Expósitos de Santiago de Compostela, dependiente del Hospital Real que atendía a enfermos y peregrinos. La «Ynclusa» de Santiago estaba desbordada hasta límites inhumanos y, cuando en A Coruña se fundó el Hospital de la Caridad gracias a los fondos donados por doña Teresa Herrera, se decidió que, al igual que en Santiago, se situase en él una «Ynclusa» a cargo de la Congregación de los Dolores. La idea inicial era que el torno de la casa de expósitos coruñesa recogiera a los niños abandonados en la ciudad y sus alrededores, para bautizarlos y remitirlos después al hospicio de Santiago, pero en realidad el patronato siempre pretendió darle continuidad, y así lo hizo. En cuanto llegaron los primeros niños fueron enviados a amas de cría de la zona en vez de llevarlos a Compostela. Y así se fue formando una verdadera casa de expósitos que evitaba tener que trasladar a los pequeños recién llegados, nacidos pocas horas o pocos días antes, con hambre, deshidratados, algunas veces golpeados, con heridas producidas por animales o con el cordón umbilical desprendido, hasta el Hospital Real de Santiago, y desde allí de nuevo hasta las casas de lactancia que los acogieran. Era un periplo inhumano. Más de la mitad de los niños moría en el camino.

De esa manera se fue constituyendo el hospicio de A Coruña, y así también fue creciendo y desbordándose de niños como le pasaba al de Santiago. Su reducido número de camas y el escaso presupuesto pronto no llegaron a nada. La miseria se apoderó también de este orfanato, donde era necesario hacer milagros para estirar el dinero que no había.

Isabel estaba acostumbrada a las estrecheces y tampoco pretendía cambiar el mundo. Había personas que abandonaban a sus hijos y ella no podía salvarlos a todos. De hecho se salvaban muy pocos. Casi todos morían. De los primeros niños que habían llegado cuando se inauguró el hospicio coruñés, ya no quedaban nada más que unos pocos que se podían contar con los dedos de las dos manos y sobraban dedos. En ese año les tocaba dejar la inclusa a Tomás, Marcial y Manuel, tres veteranos que estaban acudiendo diariamente al taller de un conocido carpintero para aprender el oficio. Antes ya habían salido otros dos que fueron contratados en los mismos talleres que los acogieron de aprendices, una sombrerería y una sastrería. Aquel había sido uno de los momentos más dulces que a ella le tocó vivir en su todavía corta trayectoria como rectora.

Isabel le daba clases a Ezequiel en su propia habitación. No había otro lugar. Era un cuarto húmedo cerca de los aposentos de las monjas, pero fuera de la zona de las religiosas porque, evidentemente, ella no lo era.

Había allí un camastro en el que dormían juntos madre e hijo. En el invierno se apretaban para combatir el frío de aquellas paredes, y en el verano el calor de sus cuerpos no los dejaba dormir. Junto a la ventana, por la que no entraba mucha luz debido el grosor de los muros de piedra, había una pileta con una jarra llena de agua para lavarse la cara. Y en la esquina, una pequeña mesa con dos sillas que cumplía múltiples funciones, desde escritorio hasta mesa para comer cuando Benito estaba enfermo, lo que sucedía bastante a menudo. El niño tenía una delicada salud de hierro, cogía muchas enfermedades, pero todas las había ido salvando felizmente.

Aquel día las sillas las ocupaban Ezequiel e Isabel, Benito estaba sentado en el suelo jugando con unos tacos de madera. La clase era de matemáticas, aunque esa materia no entraba en el acuerdo con el doctor Posse Roybanes, puestos a aprender letras bien podía Ezequiel aprender también números.

Se escuchó mucho ruido procedente del pasillo y, a continuación, una fuerte y apremiante llamada a la puerta.

—¡Doña Isabel! ¡Doña Isabel!

—¡Suéltame, hija de puta!

—El mismo diablo vive en tu boca. ¡Ponte derecho o te rompo la nuca de un golpe!

La rectora, alterada por los gritos, se apresuró a abrir la puerta.

Allí estaban tres monjas acompañando a la enfermera mayor del hospital, la hermana Custodia, que sujetaba fuertemente a Tomás, retorciéndole un brazo tras la espalda para que no se soltara. El muchacho estaba inclinado hacia delante, con la cabeza casi a la altura del suelo, y se revolvía repartiendo patadas a diestro y siniestro.

—Acaba de traerlo Arturo Mendoza, el carpintero. ¡Y mejor hubiera hecho entregándoselo a los alguaciles! Este sinvergüenza le ha robado dinero de la caja. Lo cogió con las manos en la masa e incluso le cerró la tapa encima y trae una mano herida. ¡Malnacido! ¡Solo valen para robar! Aquí le dejo a este hijo de Satanás. Si es lista se deshará de él, no merece ni el alimento que come.

Soltó al chico que cayó al suelo dolorido, y se marchó llevando tras de ella a dos de las monjas. Solo quedó la forzuda hermana Anunciación, por si era necesaria para poner orden.

Para Isabel no había peor delito que robar. Precisamente porque aquello no solo le cerraba las puertas de ese taller al ladrón, se las cerraba para siempre a cualquier otro expósito, y muy probablemente también en los talleres de otros artesanos conocidos del patrón. Los niños del orfanato no tenían buena fama, y a ella le costaba un gran esfuerzo convencer a los artesanos para que los aceptaran de aprendices. Ezequiel, por ejemplo, ya tenía edad de aprender a trabajar y aún no le había conseguido oficio. De sobra sabía ella que el doctor Posse tenía la mejor intención, pero aquel trabajo en la biblioteca no iba a durar para siempre. Aunque sin duda era un buen comienzo, porque las referencias del doctor serían de mucha ayuda para el niño. Ella se mataba por encontrarles un lugar donde trabajar y ellos echaban a perder todo el esfuerzo. Cada hurto cerraba una puerta para siempre.

Por eso fue implacable con Tomás.

—¡Recibirás veinticinco azotes! Si quieres seguir recibiendo tu ración diaria de comida, fregarás todo el mes de rodillas los dormitorios y el comedor y, a fin de mes, saldrás del orfanato para siempre.

Calladamente, Ezequiel se alegró de que lo echara. Sobre todo después de saber lo que le había hecho a Clemente.

Desde el fondo del pasillo surgió la figura del doctor Posse Roybanes. A Isabel le sorprendió verlo allí.

—Benito, cierra la puerta de la habitación. ¿No te he dicho mil veces que te preocupes de que esté siempre cerrada? —La rectora sintió pudor en presencia del médico.

Benito atendió la orden de su madre seguido atentamente por la mirada de Tomás, que procuró no perder detalle de la estancia. Allí dentro seguramente guardaba la rectora todo lo suyo. Tomás no dejó de observar que la puerta no tenía pasador, solo una modesta llave que el pequeño Benito giró y guardó en el bolsillo del pantalón.

—Buenos días —saludó el médico—. La estaba buscando, Doña Isabel, pero ya veo que tiene usted una urgencia. ¿Cuál es la causa de que este muchacho merezca la expulsión?

—Le ha robado al señor Mendoza, el maestro carpintero.

—Lo conozco, es un buen hombre, por eso lo ha traído aquí en vez de llevarlo a los alguaciles. Porque debes saber

—dijo dirigiéndose a Tomás—, que si te hubiera entregado, estarías ahora en una miserable celda, llena de ratas y de toda calaña humana, desde asesinos a violadores, que seguramente harían que te arrepintieras mil veces de haber robado. Tienes suerte de que ese sea todo tu castigo. Veinticinco azotes y fregar...

El muchacho seguía doblado en el suelo, sin erguirse.

—Doña Isabel —continuó Posse Roybanes—, estoy seguro de que podrá perdonarle la expulsión y darle otra oportunidad. El hambre es aquí tanta que se comprende que los venza la tentación.

—No es comprensible ni perdonable. Otros no roban y también pasan hambre como él. Cada vez que uno lo hace, echa por tierra todo mi trabajo y la única oportunidad de poder salir de la miseria.

—Lo sé, y tiene usted toda la razón. A lo mejor podemos encontrar una solución intermedia. ¿Qué le parecería permitirle abandonar el hospicio en septiembre y, mientras, intentar encontrarle otro taller? Así tendrá unos meses para aprovechar la oportunidad aprendiendo algo de un oficio. Si de nuevo la echa a perder, se acabó.

La rectora estaba algo contrariada por aquella intromisión en sus dominios, pero finalmente le pareció bien y aceptó la propuesta.

—No va a resultar fácil, pero así lo haremos. En septiembre saldrás del hospicio —le dijo a Tomás—. Mientras, te buscaré otro taller, si soy capaz de ello, y tendrás estos meses para aprender lo que puedas del oficio. Así que no pierdas el tiempo si no quieres acabar con tus huesos en la calle, en la cárcel o muerto a navajazos en cualquier pelea de borrachos. Y dale las gracias al doctor Posse Roybanes.

Tomás se resignó al castigo como mal menor. Pero para sus adentros juró vengarse también de ella, incluyéndola en su larga lista de venganzas pendientes.

La rectora no lo sabía, pero con aquel castigo iba a redimir a Clemente por un tiempo de sus problemas con aquel matón. La hermana Anunciación se marchó llevando a empujones al delincuente, para hacerle la cura de la mano en el hospital. Y el doctor Posse fue tras ella, pero a medio camino se acordó de que había ido hasta allí por otra cosa. Isabel ya estaba entrando con los niños de nuevo en su habitación para seguir con la clase cuando el doctor la llamó.

—¡Doña Isabel, doña Isabel... Por cierto, hemos recibido carta de Balmis!

—¡Vaya, tienen que venir todos los disgustos juntos!

—No, esta es una noticia excelente. La mejor noticia. El doctor Francisco Javier Balmis es uno de los médicos de la corte de su majestad el rey Carlos IV. Y está de camino, viene hacia A Coruña.

—¡Un médico del rey! ¡Aquí!

—Uno no, una delegación completa enviada por el rey. Y van a necesitar del hospital y de usted.

—¿De mí? ¿Para qué iban a necesitarme a mí?

En el medio del pasillo, Tomás ya empezaba a dar patadas de nuevo, la hermana Anunciación lo tenía otra vez bien sujeto, pero el muchacho no paraba, arremetía, empujaba, lanzaba patadas al aire intentando soltarse de la monja.

—¡Hijo de Satanás! —le gritó la monja.

—¡Marimacho! —replicó el niño.

Al doctor no le quedó más remedio que intervenir.

—Haya paz, haya paz... ¿Pero qué maneras son esas, hermana? Y usted, Tomás, es un hombre hecho y derecho. Venga hermana, suéltelo y que vaya andando delante de nosotros como un hombre que ya es.

El muchacho, halagado por el comentario del doctor, se sacudió de las manos de la religiosa y se puso de pie.

—Usted continúe con la clase, doña Isabel. Mañana, cuando pueda, venga a verme. Debemos preparar convenientemente la llegada del doctor Balmis.

VIII

La carta de Balmis

—Viruela —aseguró el doctor Posse Roybanes nada más revisar aquellas manchas rojas dentro de la boca y por toda la lengua—. Está en fase incipiente, pero es viruela.

—¡Dios me valga! —Se echó a llorar la enferma—. ¡Dios me valga! Junto a ella, su padre elevó las manos entrecruzadas hasta la boca en gesto de rezar.

—No tiene ampollas, doctor, no puede ser... Los que cogen esa peste se llenan de ampollas con líquido, yo lo he visto. Mi hija no tiene eso.

—Dice usted que hace cinco días que comenzaron la fiebre alta y el cansancio, hace tres empezaron los vómitos, y ahora han aparecido las manchas rojas en la lengua y la boca. Es viruela. En menos de un día, las manchas se extenderán por todo el cuerpo, brazos y piernas y después engrosarán y se llenarán de un líquido espeso. Que no se rasque, y ustedes tampoco toquen los granos. A continuación experimentará una mejoría transitoria, aunque esté llena de ampollas. Solo será transitoria, cuando las ampollas se conviertan en pústulas, volverá a tener fiebre. Debe beber agua abundante. ¿De dónde son?

—Vienen de Santa María de Oza —informó la enfermera.

—Pues vuélvanse allí. Que se quede en casa e incluso, si pueden, en un cuarto fuera de ella. Deben quemar toda su ropa, la de vestir y la de la cama. Pónganle platos, vasos y cubiertos solo para su uso. Y no la acompañen más que lo imprescindible. La enfermedad debe dar la cara, en unos días se sabrá si es benigna o ataca con malignidad. No hay nada que se pueda hacer, solo rezar y esperar que sea una viruela débil. Lo sabrán en una semana, diez días como mucho. Es posible que caiga enfermo alguien más de la casa. Insisto en que la acompañen lo menos posible. Abran las ventanas, ventilen, quemen todo lo que ella ha tocado y que Dios los asista. La hermana Benedicta les dará un preparado de la botica para aliviar la irritación y un jarabe para atajar la fiebre. También son buenos los trapos húmedos en la cabeza y en el cuerpo. El resto, está en las manos de Dios. Y salgan de aquí cuanto antes, por favor.

—Tiene diecisiete años —añadió el padre de la chica con un hilo de voz.

El doctor Posse Roybanes lo miró a los ojos un instante y, sin decir nada más, se dirigió hacia el siguiente enfermo que esperaba su turno.

En realidad, no habló porque no había nada que decir.

El doctor sabía perfectamente que no había cura para la viruela. Era la naturaleza quien escogía a los que sobrevivían y a los que no, y eso nada tenía que ver con la edad, con la vida que llevaban o con las ganas de vivir. La única manera de vencer a la enfermedad era con la vacuna, estaba plenamente convencido de ello.

Unos años antes en Inglaterra, el científico Edward Jenner había observado, al igual que otros médicos, que las mujeres que ordeñaban las vacas no padecían la viruela. Cogían una variante leve de la enfermedad del ganado que no mataba a las personas y que se superaba sin dificultad. Jenner estudió aquella rareza con detenimiento hasta hacer un experimento decisivo. Extrajo un poco de linfa de las pústulas que presentaba una mujer infectada de la viruela de las vacas y se la inoculó a un niño sano. El pequeño, según contaba el científico, se contagió de la leve viruela que cursó con malestar, fiebre y algunas pústulas, pero que remitió sin mayor severidad. Nada que ver con la viruela humana que mataba sin compasión.

El doctor Posse estudió con atención las revistas que llegaban del extranjero con el sorprendente descubrimiento de Jenner. El médico inglés relataba detalladamente cómo el niño inoculado padeció algunas molestias, pérdida del apetito, frío, una noche de indisposición, y al día siguiente se encontraba perfectamente. Pero lo más impresionante fue lo que vino después. Pasados unos meses, Jenner lo inoculó de nuevo, esta vez con la viruela humana, y el niño no se infectó. Estaba protegido. El mal leve de la vaca lo había protegido de la mortal enfermedad humana.

Se repitieron los experimentos y las noticias se propagaron por la Europa de la Ilustración que bebía de los científicos aperturistas. Los resultados eran excelentes, la vacuna funcionaba. Así la llamó Jenner, «vacuna», por provenir de la enfermedad de las vacas.

Posse Roybanes devoraba las noticias que llegaban sobre la vacunación. Todos los médicos inoculadores, todos, comprobaron la infalibilidad de la vacuna. Pocos años después del experimento de Jenner, cuando legiones de médicos todavía se negaban a creer en él, el doctor Posse, en aquel rincón del mundo que era A Coruña, alejado de las grandes capitales universitarias de Europa donde se cocinaba la ciencia, probó la vacunación. Y era tan grande la fe que tenía en ella, que la probó con quien más quería en el mundo, con su propio nieto. Fueron semanas y semanas de obsesión, aquello no podía tener otro nombre. Leía todo lo que caía en sus manos, de España y del extranjero. Lo pensó mucho, nada en él era producto de la improvisación. Había visto tanto daño, tanto dolor, tantos muertos inocentes que sabía que la más mínima posibilidad de vencer aquella enfermedad tenía que intentarse. La viruela no avisaba, cada pocos años aparecía un brote, una plaga, una peste que acababa con cualquiera, sin distinción de edad o de nivel social. Niños y viejos, ricos y pobres. Estaba plenamente convencido de que la vacuna podía y debía aplicarse.

Una mañana de comienzos del verano decidió solicitar al doctor Piguillem de Barcelona que le enviara unas hilas de *cow-pox,* la viruela de las vacas. Era la única manera de hacer llegar la vacuna desde un extremo a otro de España. El sistema no era infalible, las hilas impregnadas del fluido de la viruela no aseguraban que en un viaje tan largo el producto no se corrompiera, pero, aun así, el doctor estaba decidido a probar.

La respuesta y el paquete de Barcelona llegaron a mediados de agosto, una soleada mañana de verano. El correo apareció en torno a las diez y una monja le dio el recado al doctor mientras este pasaba visita a los enfermos del hospital.

—Tiene un paquete, doctor. Viene de Barcelona.

La emoción se apoderó de él.

—¡Gracias, gracias! Debo llevarlo inmediatamente al despacho. Continúen ustedes, por favor, doctores.

—¿Se trata de las hilas con la viruela de vaca que estaba esperando? —preguntó el doctor Lamas.

Posse lo agarró del antebrazo en un gesto de confianza y triunfo.

—¡Lo son!

El doctor Lamas sonrió levemente.

—Piensa utilizarlas, supongo.

—Por supuesto que sí. Para eso las he pedido.

—Doctor, no tengo nada que decirle que usted no sepa ya, pero sea prudente, por favor. Meter en el cuerpo de una persona la enfermedad de una vaca no deja de ser algo contranatura. Sé que se están obteniendo buenos resultados, pero permítame que conserve cierta desconfianza.

—Son ya una legión los científicos que certifican por todo el mundo el buen funcionamiento de la vacuna. Jenner en Inglaterra, Bryce en Edimburgo, Uberlacher en Viena... Hay que luchar contra los necios que no quieren ver los avances de la ciencia. La ignorancia y los recelos se curan con la realidad. Yo demostraré en Galicia lo que otros ya han demostrado fuera de aquí, y no habrá médico, magistrado ni cura que pueda negar lo que es evidente.

—Sea prudente de todas formas, doctor. Usted no ignora el poder que tienen muchos de ellos.

—Tiene razón. Por el momento, doctor Lamas, nadie debe saber nada de esto. Guárdeme el secreto.

Camino del despacho, el doctor Posse cambió de opinión y se dirigió directamente a su casa. Esa misma mañana del 16 de agosto de 1801 vacunó a su nieto de cinco meses. El ser al que más quería en el mundo. Pero también, un niño de muy corta edad y del que conocía tan bien su vida que podía estar seguro, al cien por cien, de que nunca había estado en contacto con la viruela. Eso era fundamental para el éxito del experimento.

Con el resto de las hilas también vacunó al hijo de un comerciante amigo.

Pasó varios días casi sin dormir. Apuntando día y noche cada síntoma de su nieto. Controlando la fiebre, que tuvo picos altos, pero por poco tiempo. Contando y midiendo el número de vejigas primero y el de pústulas, cuando estas aparecieron. La reacción fue tan leve que el propio doctor estaba sorprendido. Incluso de noche salía de su casa para seguir el caso del otro vacunado, con reacción leve también. En poco más de una semana, todo había concluido.

La vacunación parecía haber tenido éxito.

Pero quedaba lo peor: demostrarlo.

La mujer del doctor, Juana, hija de médico, sabía bien lo que era vivir la profesión. Vivir para curar. Para atender enfermos. Para salir en plena noche a atender una urgencia. O para llegar a casa derrotado porque la muerte había vencido en alguna desigual batalla. Ella creía y confiaba. Desde el principio apoyó a su marido en la decisión de vacunar a su nieto. Sabía que si se hubiera opuesto, él no lo habría hecho. Pero cuando una noche, un año después del episodio de la vacunación, le comentó lo que faltaba por hacer, no pudo evitar aterrorizarse.

Estaban ambos en el dormitorio, ya en camisón y dispuestos a dormir. Aquel día, el doctor había remoloneado un poco antes de apagar la luz del candil. Se veía intranquilo. Ella lo conocía tan bien, después de tantos años y de tantas felicidades y desgracias compartidas, que podía reconocer sin temor a equivocarse que algo lo tenía preocupado.

—¿Me lo vas a contar? —preguntó Juana, sentada en la cama y recolocando la almohada contra el cabecero.

—Qué bien me conoces.

—No tiene mérito, son muchos años. ¿Qué te pasa, Antonio?

—Debo hacerle a nuestro nieto la comprobación, para cerciorarme de que está protegido contra la viruela.

—¿Cómo que si está protegido? ¿No has acabado ya con eso? —la mujer se incorporó en un estado de gran alteración.

—Ya ha pasado un año, hay que comprobar que la vacuna es efectiva. Después de ponérsela, tuvieron una viruela leve, todo hace pensar que hizo efecto en ellos, pero nunca lo sabremos hasta que los pongamos en contacto con la enfermedad humana y comprobemos que no les afecta. Solo entonces estaremos verdaderamente seguros de que la vacunación funciona.

—¿Quieres meterle la viruela humana en el cuerpo a nuestro nieto?

—Así es. No hay otra manera de estar seguros.

—¿Y si no funciona la vacuna?

—Entonces cogerá la viruela y solo Dios decidirá sobre su vida. Pero sé que eso no va a suceder, querida.

Juana lloró toda la noche. La simple idea de provocar la enfermedad en aquella criatura, hijo de su única hija y que era la alegría de sus vidas, la corroía por dentro. Pero, una vez más, accedió, y ella misma convenció a los padres del niño.

De allí a unos días, el doctor hizo el experimento y la prueba funcionó.

La vacuna era un éxito y el doctor Posse sería ya imparable en su defensa.

El método era efectivo, pese a las voces que se alzaban para advertir de su peligro porque, decían, que podía infectar de la enfermedad a personas sanas, o incluso podía contagiar de pestes distintas, o provocar la ira de Dios por inocular a un humano la enfermedad de un animal. En más de una ocasión fue necesario cerrar bocas inquisidoras sugiriendo que, tal vez, era

Dios el que había guiado a los hombres de ciencia para proporcionar a los seres humanos defensa contra tan inmerecido mal. Fuera como fuese, ya había un arma para luchar contra la viruela. Y él estaba dispuesto a usarla. Por mucho que algunos se llevaran las manos a la cabeza porque la hubiera experimentado con su propio nieto, él sabía que le había hecho el regalo más grande protegiéndolo de una horrible muerte. Desde aquel momento, el doctor Posse recibió en otras muchas ocasiones linfa de la enfermedad de las vacas, y vacunó con ella siempre que pudo a la población que no hubiera estado antes en contacto con la enfermedad.

Lamentablemente, sin una vacunación masiva era imposible salvarlos a todos. Y cada vez que el doctor tenía que sentenciar a alguien a una muerte casi segura, como había ocurrido esa misma mañana con aquella muchacha de diecisiete años, se sentía desgarrado por dentro, aunque por fuera él nunca perdía la compostura.

De regreso a la sala de los libros, un rato de paz en aquella mañana que, como de costumbre, había estado llena de pacientes y urgencias, le pidió a una enfermera que fuera a llamar a la rectora, ya que el día anterior no habían podido hablar con tranquilidad.

Mientras esperaba su llegada, observó el par de estanterías ya correctamente ordenadas por Ezequiel y la limpieza general que el muchacho le había dado a todos los libros de la sala. No pudo evitar sonreír y pensar que era un gran chico. Sería una enorme pérdida dejarlo caer en la miseria cuando en unos pocos años tuviera que salir del hospicio. Estaba decidido a evitarlo en la medida que estuviera en su mano.

Enseguida Isabel llamó a la puerta.

—¿Me ha mandado llamar, doctor? —preguntó humilde-
mente desde fuera, metiendo la nariz por el hueco de la puerta
entreabierta en un alarde del respeto absoluto que sentía por el
doctor Posse Roybanes, y en general por todo el personal aca-
démico del hospital

—Pase, doña Isabel, no se quede en la puerta, por favor, y
siéntese aquí. Tengo cosas de las que informarle.

Mientras la rectora avanzaba por la estancia, el doctor siguió hablando.

—Mire… mire, por favor, el gran trabajo que está realizando Ezequiel. ¡Es un chico estupendo! Y no le faltan inteligencia y buena disposición. Esos niños del hospicio engañan mucho. Yo no diré que la deficiente alimentación y las malas
vidas de sus padres no dejen en ocasiones una huella imbo-
rrable y poco se pueda recuperar en ellos, pero hay que reconocer que no se debe meter a todos en el mismo saco. Ezequiel es listo y aprende sin dificultad, espero que usted le
asegure un buen futuro, doña Isabel.

Cuando el doctor terminó su frase, la rectora ya se había
sentado. Llevaba puesto un vestido largo de paño verde oscuro,
rematado con puntillas finas en las mangas. Por el camino se
había quitado el mandil. Si fuera más proclive a la sonrisa y
se arreglase mejor el pelo, ganaría mucho en atractivo físico. Pero
eso no era algo que a ella le importase. Trabajaba de sol a sol.

—Yo no puedo asegurar ninguna clase de futuro. Usted
sabe bien, doctor, cuántos niños de este hospicio, y de todos
los demás orfanatos, mueren en la infancia. Cuántos no consi-
guen un trabajo y acaban convertidos en ladrones o mendigos
—suspiró derrotada—. Qué le voy a contar que usted no sepa.

—No, esta vez soy yo el que le va a contar algo a usted.
Tengo muy buenas noticias. Inmejorables, de hecho. Como le

comenté ayer, el doctor Francisco Javier Balmis viene de camino.

—Me va a disculpar, doctor Posse, pero no estoy al tanto de los médicos de palacio. No he oído hablar del doctor Balmis, perdone mi ignorancia.

—Querida rectora, el doctor Balmis es, como ya le anuncié, uno de los médicos de la corte del rey Carlos IV, pero además, y disculpe usted mi emoción, es uno de los grandes defensores de la vacuna de la viruela. Un eminente científico, cirujano y botánico natural de Alicante, que ejerce desde hace años al servicio de su majestad.

Isabel se removió en su asiento. Ella no sabía nada de ciencia, pero respetaba profundamente los estudios médicos y a aquellos hombres capaces de progresar y sanar a otros. La vida académica y universitaria estaba lejos de ella y de todas las mujeres de la época a quienes les estaba negada. Sabía de la insistencia del doctor Posse Roybanes con la vacuna de la viruela y que la había probado con su propio nieto, y había oído que en Europa, e incluso en otros lugares de España, ya se estaba utilizando. Pero también había escuchado en innumerables ocasiones la voz crítica de otros médicos, de las religiosas y de los curas. Meter la enfermedad de un animal en el cuerpo de un ser humano, no parecía obra de Dios. Y tenía que reconocer que la asustaba.

El médico siguió con su ilusionante conversación.

—Verá, doña Isabel, todavía no conozco los pormenores, pero la carta que he recibido de puño y letra del doctor Balmis me informa de la creación de la Real Expedición Filantrópica de la Vacuna. Una misión para propagar su uso, llevarla a la población y, por fin, hacer una campaña de vacunación organizada y masiva.

La rectora ocultó sus temores.

—Ciertamente lo veo entusiasmado, doctor. No sé yo si la gente estará tan dispuesta a dejarse vacunar...

—El temor de la gente es por ignorancia. Una campaña promovida por el rey funcionará sin duda.

—¿Y el rey confía en la vacuna?

El doctor Posse, como solía hacer, soltó una carcajada.

—Claro, querida Isabel. El rey ha sufrido la viruela en su familia, no solo con la muerte de varios infantes europeos, sino con la enfermedad de su propia hija María Luisa. Finalmente la joven se salvó, pero estuvo muy cerca de la muerte y, aunque en los retratos aparece hermosa y lozana, la gente de palacio y los más allegados aseguran que ha quedado marcada y deformada por la enfermedad, incluso se le cayeron los dientes, como a tantos otros. El contagio no entiende de sangre real. Ahora tenemos en Carlos IV un gran aliado para propagar la vacuna.

—No tenía noticia de lo que usted me cuenta. ¿Y por qué motivo vienen aquí?

—Eso todavía no lo sé, la carta son solo unas pocas líneas, pero sí se me hace saber que precisarán de mi experiencia en la inoculación y también de la colaboración de la casa de expósitos del Hospital de la Caridad.

—¿De nosotros? ¿Para qué doctor Posse?

—Tampoco lo sé, pero puedo sospechar que traen el virus *in vivo* y precisan mantener la cadena de vacunaciones el tiempo que pasen aquí. Verá, doña Isabel, por este procedimiento la vacuna se saca del líquido de las vesículas de un enfermo para suministrársela a un nuevo vacunado. Es mucho más seguro y efectivo que las hilas que he usado yo. En ellas, algunas veces el virus llega en malas condiciones y ya no sirve. Pero en las personas viene vivo. Si el doctor Balmis trae con él gente vacunada, deberá realizar una nueva vacunación cada nueve o diez días, pasarle el virus a otra persona sana y repetir regularmente la misma operación, así siempre, manteniendo la cadena brazo a brazo, para conservar la linfa de la vacuna. Pienso que viene con una cadena humana portadora de la viruela de las vacas. Es posible que necesite algún niño para mantener la linfa el tiempo que pasen aquí. Sea como sea, estamos delante de un avance histórico, doña Isabel. No podemos negarnos a colaborar.

IX

Las gafas de Inés

Inés no tuvo reparo en contarle a Ezequiel el motivo por el que se había escapado, en realidad se sentía aliviada de no estar enferma. Estuvieron mucho tiempo hablando en el patio, sentados los dos en una esquina. El muchacho tampoco sabía nada de aquella especie de dolencia que sufrían las mujeres cada mes. Le sorprendió mucho. Y le hizo reflexionar sobre el futuro. Muchas veces había pensado cuánto le gustaría casarse con ella cuando fueran mayores. Tener una casa, un trabajo, una familia.

—Un día yo te sacaré de aquí.

—Tú no puedes sacarme de aquí.

—Pero podré.

—No, no puedes porque yo soy un año mayor que tú. Y saldré antes.

—¿Y qué te gustaría hacer cuando salgas?

—A mí me gustaría trabajar de panadera.

—¿De panadera?

—Sí —Inés se reía—. ¡Hacer pan, dulces y roscas! ¡Montones de pan!

—Pero si los haces será para venderlos, no te los puedes comer.

—Puedo probarlos. Probarlos todos. El horno entero lleno de pan.

Y los dos chicos se reían.

Inés no era hermosa, o sí. Era difícil serlo con aquellas ropas y sobre todo con aquel pelo de niño, cortado muy cortito y con tan poca gracia, la que tenía la hermana Valentina. En el pelo se criaban piojos y por eso allí se cortaba a menudo. Las niñas que se veían por la calle llevaban el pelo largo, peinados con trenzas y lazos de colores. Algunas vestían trajes de telas hermosas y hechuras refinadas. La ropa diferenciaba a las personas, indicaba quién tenía dinero y quién no, quién llevaba una buena vida y quién malamente sobrevivía. Ezequiel a veces la imaginaba con uno de aquellos vestidos elegantes, con el pelo limpio y largo, con lazos y oliendo a perfume. Claro que podía imaginarla así. Y entonces también ella era hermosa, tan hermosa por fuera como lo era por dentro. Con aquella bonita boca de labios finos y los ojos tan oscuros que casi eran negros.

—¿Y sabes lo primero que haré cuando salga?

—Dejarte crecer el pelo.

—Sí —Inés se reía de nuevo, con aquella risa franca y abierta—. ¡Eso mismo! Voy a dejar que me crezca la melena hasta que me llegue al culo.

—Y estarás muy guapa.

A Inés se le borró la sonrisa.

—Estaré como antes de llegar aquí. Como estaba en mi casa.

Y allí se quedaron los dos hablando todavía un rato más. Inés tenía otro problema: la vista. Había sido afortunada y la viruela solo le había dejado unas pocas marcas en la cara y en las zonas visibles, y algunas más por el vientre y la espalda. Pero en los ojos tenía problemas. Ella no se había quedado ciega como otros, ni con los ojos blancos, deformados o con llagas, pero desde que tuvo la enfermedad no veía como antes, había perdido bastante visión. Cuando llegó a la inclusa, algunos se reían de ella porque les parecía torpe. Se golpeaba con las cosas, los objetos se le resbalaban de las manos, tropezaba y se caía. Pero en aquel estado tan poco sociable en el que entonces se encontraba, no dio explicaciones a nadie. Se calló su tormento. Veía muy poco. Y ni las monjas ni la rectora se dieron cuenta del problema. En un principio todo se lo achacaron a la rabia que traía, y después a la enfermedad de la melancolía que la aquejaba. Y el resto de los niños huérfanos, simplemente no sabían distinguir qué le pasaba.

Fue la hermana Anunciación, aquella mole de mujer grande como una torre, la que un día lo advirtió cuando estaba sirviendo la comida.

—Pon bien el plato. ¡Pon bien el plato que te voy a echar la comida por fuera! —le reñía mientras servía en la fila. Y entonces lo dijo:

—Tú no ves un pimiento, ¿verdad, niña?

Inés inclinó la cabeza. No hablaba con nadie. No contestaba nada más que cuando ella quería, y en aquel momento no quería. No tenía ganas de contar nada de ella. Pero no hizo falta. La monja afirmó:

—No ves nada. Eso es lo que te pasa. Y por eso andas siempre dándote golpes contra todo.

Después de aquello, la rectora habló con la niña y confirmó el problema. El doctor Posse también la vio. Dijo que la pérdida de visión era importante pero no incapacitante, y que cuando se acostumbrara al lugar se desenvolvería bien allí. Y así fue. En sitios que le eran conocidos ni siquiera se notaba su falta de visión. Inés era una luchadora.

Después de la conversación y la mañana de complicidades, Ezequiel acudió a la cita diaria como asistente de la biblioteca.

Cruzó el hospicio y siguió su camino por el Hospital de la Caridad. El doctor Posse Roybanes le había encomendado que antes de ponerse a ordenar la biblioteca fuera siempre a verlo a él. Así podía hacerle otros encargos para el día, que no siempre eran trabajos con los libros. Realmente el muchacho hacía todo tipo de recados, para el doctor y para los enfermos. Atravesó correteando los pasillos, uno tras otro, entre aquellos gruesos muros de piedra. Tenía motivos para estar contento, su vida había dado un cambio completo desde que trabajaba en el hospital. Vestía mejor, calzaba zapatos, estaba peinado, había aprendido a leer y a escribir y también modales. Y él lo absorbía todo como una esponja.

Entrar en el hospital era sin duda meterse en el sórdido mundo de la enfermedad y el dolor. Las salas estaban repletas de personas enfermas, cada una de ellas con su historia. Nadie estaba allí por voluntad propia. Pero a Ezequiel le gustaba el ambiente. Entre aquellos muros, médicos y enfermeras peleaban por la vida, y había que decir que las altas eran más que las defunciones. Si no fuera algo totalmente imposible, a él le gustaría ser médico.

Encontró al doctor Posse Roybanes atendiendo a Félix, un antiguo soldado a quien ya conocía. Llevaba varias semanas en el hospital y su estado había empeorado. Se había hecho una herida en un pie con un hierro oxidado. Ni siquiera era una gran cosa, le aplicó un vendaje casero y lo dejó estar. Pero aquella pequeña herida se había convertido en una fuente de problemas: sangró, supuró, cogió mal color, se le hinchó toda la pierna y el dolor se hizo insoportable. Cuando llegó al hospital, el doctor Posse Roybanes tuvo que amputarle hasta debajo de la rodilla. Tal era su estado.

Ahora, pasadas unas semanas, seguían la fiebre y el dolor, la podredumbre de la carne avanzaba por encima del muñón. Félix despedía un hedor que hacía difícil estar a su lado. Sin embargo, conservaba la razón.

Conversar le sentaba bien y un día le pidió a Ezequiel:

—Chico, siéntate aquí un rato conmigo.

—¿Para qué? —preguntó el niño.

—Para hablar.

Solo quería eso, hablar.

Hablar de cualquier cosa menos de él mismo. De las frutas del verano y de cómo se injertan los manzanos para conseguir los mejores frutos, de los nidos de los pájaros y de la manera de robarles los huevos sin llevarse picotazos, del mar y de los barcos. Félix no sabía nadar ni había subido nunca a una embarcación, en eso coincidía con Ezequiel, pero era su gran ilusión. Aquellas conversaciones lo evadían de su mal y del incierto futuro que lo aguardaba, y hasta le servían de ayuda para soportar el dolor. Cuando era muy fuerte, apretaba los dientes y se callaba unos segundos, pero después seguía hablando, describiendo una montaña próxima, algún tipo de pez o una flor. Recordaba todo eso y se sentía fuera de aquellos muros.

—Doctor, déjeme al niño aquí un ratito para hablar con él.

El doctor Posse se rio.

—Diez minutos, que tiene que ir a hacer unos recados.

Ezequiel arrimó la silla compartida con la cama de al lado, y se dispuso a hacer compañía a Félix. Le caía bien aquel hombre al que había visto consumirse en tan pocas semanas hasta quedarse en los huesos.

—¿De qué quiere hablar hoy?

—Cuéntame qué has hecho esta mañana.

—Nada.

—¿Nada? No me lo creo. Algo habrás hecho.

—Pues no, solo estuve hablando con Inés en el patio.

—Bueno, pues eso ya es algo. ¿Quién es Inés? ¿Otra huérfana como tú?

—Sí. Bueno, no. Quiero decir... —titubeó tratando de explicarse—. Es huérfana, pero no como yo, porque ella tenía padres... Pero se murieron. Se murieron los dos, por eso ahora está aquí.

—¿Y es de tu edad Inés?

—Sí. Bueno... —dudó—. No. Es un año mayor, pero casi somos iguales. Un año no es nada.

Félix se rio. Tanta dificultad para explicar las cosas sencillas de Inés le hacía gracia, aquello solo podía significar una cosa:

—Oye, Ezequiel, a mí me parece que a ti esa chica te gusta.

—¡Bah! ¡Qué tontería! Si va a seguir por ahí me marcho. Ya se lo digo, después no se queje.

—No hombre, no te vayas... ¿Y cómo es Inés?

—Es cariñosa, cuando quiere, otras veces es como un perro y muerde. A mí no. A las monjas. Ahora ya hace tiempo que no lo hace, pero antes sí. Cuando llegó no pronunciaba palabra. Tiene el pelo oscuro, y cuando a la hermana Valentina se le pasa un poco la fecha de cortárselo se le pone rizado. Si se lo corta mucho, no. Entonces parece liso. Tiene los ojos muy negros y la piel blanca...

—Vaya, parece muy guapa —le guiñó un ojo Félix.

—La gente cree que no lo es, pero a mí me parece que sí. Es por las marcas. La gente la mira y ve las marcas. Yo a veces tengo que fijarme mucho para verlas, porque ya ni cuenta me doy de ellas. Seguramente es por la costumbre.

—La gente, en demasiadas ocasiones, no es capaz de ver lo que tiene delante, Ezequiel. Miran el envoltorio, el detalle, el traje, el pelo, las marcas…, y no se fijan en esos rizos que le asoman en el cabello, ni en su piel blanca, ni en que es una niña fuerte que sabe defenderse y también sabe ser cariñosa —le sonrió—. ¿Y qué más?

—También es lista. Pero eso tampoco lo ven muchos porque tropieza con todo. Es corta de vista, ¿sabe? Fue por la viruela por lo que perdió la visión. Pero se defiende muy bien, solo algunas veces se le nota, sobre todo si hay algo nuevo que no haya visto antes o que no sepa dónde está.

—Pues eso tiene buena solución, yo también soy corto de vista, pero tengo unos lentes.

—¿Los tiene? Yo nunca se los he visto.

—Aquí no me los pongo. Mira ahí. Acércame ese saco donde tengo mis cosas.

Félix se incorporó un poco en la cama para buscar, y en su cara se dibujó un gesto de dolor. Revolvió dentro del pequeño saco en el que había llevado al hospital alguna muda, un peine y cuatro objetos personales. De allí sacó un trapo que envolvía algo, y allí estaban, unos lentes que le dio a Ezequiel.

El niño nunca había tenido unos en sus manos. En el hospital había un médico que los usaba, y también un cura que venía con frecuencia. Aquellos eran unos lentes de cristal redondos, con montura metálica. Se los puso enganchándolos bien detrás de las orejas y se asombró de ver la realidad aumentada. Los quitó y los puso varias veces, experimentando como el niño que era. Mareaban un poco.

Félix los había conseguido en Francia. Por allí no se veían muchos, la verdad, pero los había sin problemas para quien pudiera pagarlos. Y la vida, le contó Félix, mejoraba mucho con ellos.

—Mira, Ezequiel, si un día yo falto... Dios no lo quiera... —Le tendió la mano con el saco para que lo pusiera otra vez al lado de la cama, y de nuevo aparecieron los gestos de sufrimiento cuando se movió para volver a tenderse—. Pero ya sabes que no estoy bien y que la gangrena ha vuelto a aparecer, pronto tendrán que cortarme otro pedazo de pierna, puede que toda, hoy me lo ha dicho el doctor Posse Roybanes... Bueno, te decía que si un día yo falto, quiero que vengas aquí y cojas los lentes, antes de que se los lleven y acaben en la cara de cualquier monja. Le sentarán mejor a tu Inés —sonrió—, y tiene muchos años por delante para usarlos. Verás cómo le mejora la vida. Y además, ya es hora de que vea que buen mozo tiene de amigo.

—¡Bah! Ya le he dicho que si sigue por ahí me marcho.

—Vale. Ya no hablo más de Inés y de ti, pero prométeme que si falto vas a hacer lo que te he dicho.

—Se lo prometo.

X

El castigo de Candela

Después de hablar con Félix, Ezequiel fue a buscar de nuevo al doctor, que ya había terminado su ronda de visitas por las camas de los enfermos y estaba revisando unas notas en el despacho de la biblioteca. El doctor le encargó que se quedara a trabajar allí un par de horas. Algunas veces el trabajo le resultaba desolador, con todo el tiempo que llevaba esforzándose y nunca terminaba. Quedaban por ordenar muchísimos libros, revistas, documentos y tratados. Aunque a veces también pensaba que lo mejor para él era que el trabajo no se acabase nunca, porque cuando todo estuviera listo ya no tendría objeto su presencia allí. De todas maneras, ya no le quedaba mucho más tiempo de permanencia en el hospicio. Unos pocos años más y saldría para siempre. La idea de la libertad unas veces le hacía ilusión y otras lo aterrorizaba. Pero lo animaba pensar que allí afuera también estaría Inés.

Antes de empezar a ordenar, se puso a limpiar el polvo. Lo hacía un par de veces a la semana por las zonas que estaban al alcance de su mano, y cada tres semanas por las alturas donde tenía que emplear banquetas y una escalera para subirse.

Mientras, el doctor Posse Roybanes permanecía callado en su mesa, estudiando y rehaciendo notas, muy ensimismado en su tarea. Aquel hombre era fascinante, o eso le parecía a Ezequiel.

Nunca dejaba de estudiar, como si nunca supiera suficiente. Aquel día le preguntó:

—Y usted, doctor, ¿tiene metidos en la cabeza todos los libros que hay aquí?

El doctor se rio a carcajadas.

—¿Tan grande te parece que tengo la cabeza? —volvió a reírse—. No, no los he leído todos, pero sí muchos de ellos, y también muchos otros que no están aquí. El saber no ocupa lugar, Ezequiel.

El muchacho miró todas aquellas estanterías repletas de libros.

—¡Bueno! Aquí ocupa bastante —comentó inocentemente—. Y con tantísimo que ha leído, ¿aún no lo sabe todo?

—La ciencia nunca deja de avanzar, Ezequiel. En este mismo momento, alguien, en algún lugar del mundo, puede estar descubriendo algo maravilloso. Si los médicos no estuviéramos atentos a los nuevos descubrimientos, la medicina no avanzaría. ¿Sabes cuánta gente se cura hoy en día de enfermedades por las que hace solo unos años se habrían muerto? Y ahora podemos salvarlos. Pero ¿sabes qué es todavía mejor que curar, Ezequiel?

—No. ¿Qué hay mejor que curar?

—Evitar que la gente enferme. Prevenir. Conseguir incluso que las enfermedades no nos puedan atacar.

—¿Y eso cómo se hace?

—Con las vacunas, por ejemplo. Las vacunas impiden que la gente enferme de la viruela.

Cada vez que Ezequiel oía la palabra viruela no podía evitar pensar en Inés, y en cuánto había sufrido ella a causa de ese mal terrible que había matado a toda su familia y la había dejado con la piel marcada y corta de vista. Estuvo a punto de contarle al doctor que él había visto un enfermo en un callejón de la ciudad el día que robaron las manzanas. Pero se calló.

—La viruela sigue matando gente a diario. Cuando vienen aquí personas con esa enfermedad, solo puedo enviarlos a su casa y rezar para que sean de los pocos que se salvan. No hay nada que hacer. Pero, en cambio, a los que no han padecido la enfermedad puedo vacunarlos y conseguir que nunca lleguen a padecerla.

—Caramba, doctor Posse, ¿y si eso es posible, por qué no se hace?

El doctor volvió a reírse.

—Los niños tenéis un don que los adultos perdemos con la edad, y es el don del sentido común. Verás, Ezequiel, esa pregunta no tiene una respuesta fácil. No se hace porque algunos no creen, o no quieren creer, en los avances de la ciencia. También por miedo al progreso, porque hay quien ve en los científicos una amenaza para la religión, porque cuesta dinero... Por muchas razones diferentes. Y también porque hay que mejorar el método de vacunación. Al día de hoy no es fácil conseguir el fluido necesario, algunas veces se estropea por la climatología y llega en malas condiciones. Son muchas razones, pero podría ponerse en práctica, ¡claro que sí! Yo ya he vacunado a toda la gente que he podido. Si tuviera apoyo, en una sala de este mismo hospital podríamos hacerlo masivamente. Algún día lo conseguiremos, Ezequiel, y le haremos un gran bien a la humanidad.

A Ezequiel le gustó aquel plural que lo involucraba como parte de la misión, como parte del equipo del eminente doctor en su empeño. Se sintió feliz e importante, y también temeroso de que el futuro lo alejara de aquella vida tan maravillosa para devolverlo a la calle, destino de casi todos los niños huérfanos.

Los dos estaban inmersos en la conversación, Ezequiel, como siempre, muy atento absorbiendo como una esponja toda la información que le daba aquel hombre que le parecía un sabio, cuando en la puerta sonaron tres golpes urgentes, seguidos de una llamada igualmente perentoria.

—¡Doctor Posse! ¡Doctor Posse! ¿Está usted ahí?

—Abre —le ordenó el doctor al muchacho, mientras él se incorporaba y adecentaba el cuello de la camisa que se había aflojado en aquel momento de descanso.

Ezequiel se dispuso a obedecer, mientras quien estaba a la puerta seguía golpeándola y llamando. Abrió y por la hoja entreabierta asomó el cuerpo de Isabel Zendal, la rectora, que ayudó a entrar a una mujer con muy mal aspecto que casi no se tenía en pie y que llevaba anudados al cuerpo unos trapos en los que portaba dos criaturas, una a cada lado de la cintura.

—¡Doctor Posse, por Dios, ayúdeme! Esta mujer viene muy enferma, y las criaturas también.

Entre los tres lograron deshacer los nudos y sacar a las dos niñas del revoltijo de trapos. Ardían de calor, igual que la mujer. Ezequiel cogió en brazos a una de las niñas, no sabría decir qué edad podría tener, pero era una criatura menor de un año. De la otra niña, más pequeña todavía, se hizo cargo la propia rectora. Tumbaron a la enferma en el único catre que había en aquel cuarto y el doctor le aflojó la ropa para revisarla.

—Es un ama de cría. La niña mayor es nuestra, del orfanato —explicó—, la otra es hija suya. Las dos están enfermas, y ella también. No sé ni cómo ha podido llegar hasta aquí caminando en este estado y cargando con las criaturas. Se llama Candela.

Antes de nada, le dieron a beber agua fresca de la jarra que el médico guardaba delante de la ventana pero alejada de la luz y protegida por el frescor que daban aquellos muros de piedra. De un solo trago bebió un vaso entero hasta el final y pareció que cobraba una pequeña mejoría casi inmediata.

La mujer miró a su alrededor como si no supiera dónde estaba. Y, de repente, pareció alterada e hizo esfuerzos por levantarse.

—Las niñas, mis niñas. ¿Dónde están?

—Están aquí, Candela —le dijo la rectora mostrándole a la niña mayor y señalando a Ezequiel con el otro bebé en brazos—. Están bien. Has hecho bien en traerlas.

El doctor dejó al descubierto el pecho y el vientre de la mujer. Ezequiel en un primer momento torció la cara y no quiso mirar por pudor, pero después siguió curioso la exploración del médico. Este la descalzó, le miró las plantas de los pies y las palmas de las manos, plagadas de llagas negruzcas.

—¿Desde cuándo tiene estas llagas?

—No lo sé. Hace unas semanas, puede que más. Aparecieron y se fueron, y después volvieron pero por todo el cuerpo. Las primeras solo en la nariz y en la boca. No tengo fuerzas para nada, me duele todo el cuerpo. Y las niñas no tienen apetito, se me van a morir si no comen más, y yo voy a perder la leche si no me tiran del pecho.

El doctor le pidió que abriera la boca y se la examinó también.

—¿Su marido también tiene llagas?

—No, él no.

Le cogió la cabeza y le soltó el pelo. Le revisó todo el cuero cabelludo. Tenía pequeñas calvas que ella ocultaba recogiendo el pelo en una trenza.

El doctor dio por terminada la exploración y cubrió de nuevo a la mujer, después se dirigió a las niñas. A ellas les hizo la misma operación, les miró el cuerpo, las palmas de las manos, las plantas de los pies y el interior de la boca. Llagas. También había llagas. Fiebre y malestar. Las niñas reaccionaron con desagrado a la manipulación y lloraban a pleno pulmón. La madre pidió darles de mamar para calmarlas. El doctor Posse permanecía callado, pensativo.

—¿Está segura de que su marido no está enfermo?

—Sí, claro, estoy segura —dijo mientras amamantaba a las dos criaturas al mismo tiempo con una asombrosa desenvoltura.

—¿Quién enfermó primero?

—La niña mayor, Concha… Concepción —se corrigió para dar el nombre formal.

—Es una expósita nuestra —aclaró la rectora—. La llevó para amamantarla en su casa, tiene un par de meses más que la suya, pero de aquí salió sana.

—¿Qué nos pasa, doctor? —preguntó ansiosa Candela.

—Se van a quedar usted y las niñas unos días aquí, ingresadas en el hospital —dijo sin más—. Por favor, doña Isabel, acompáñela y que la hermana Benedicta busque cama para las tres.

La mujer, extremadamente débil y resignada a que no le dijeran qué enfermedad padecía, les retiró el pecho a las pequeñas, que casi no se quejaron. Adecentándose la ropa, preparó de nuevo el envoltorio de trapos en el que transportaba a los bebés. Pero fue Isabel la que insistió.

—¿Qué tienen, doctor?

Posse Roybanes meditó un poco antes de hablar, cogiéndose el mentón.

—Esa pequeña expósita, doña Isabel, mucho me temo que no llegó aquí sana, como usted cree. —La rectora escuchó alarmada, mientras el doctor volvió a dirigirse al ama de cría—.

Supongo que a las pocas semanas le habrá visto a la niña unas heridas en la boca, tendría también fiebre y malestar, a veces de forma intermitente.

—Sí, fue así como usted dice. No me pareció muy grave, duró poco y desapareció —dijo disculpándose por no haber acudido antes al hospital.

—Esta pequeña traía un mal heredado de su madre —explicó el médico.

—¡Qué me dice, doctor! —exclamó la rectora—. Siempre los examinamos, estaba sana, se lo aseguro.

—No estaba sana, aún no presentaba los síntomas de la enfermedad que llevaba dentro, que no es lo mismo. Su madre la contagió mientras estaba en su vientre, le pasó el mismo mal que ella padecía, sin lugar a dudas, es posible que fuera una prostituta. Esta niña nació con *sífilis inocente*. Se la transmitió su madre, y cuando le aparecieron las llagas en la boca, la pequeña, a su vez, se la transmitió al ama de cría que la amamantaba, y del mismo modo se contagió la otra criatura.

—¡La *sífilis inocente*! —Isabel se sintió muy afectada al conocer tan grave noticia—. ¿Y cómo es posible que no la padezca su marido, Candela?

—Puede que sea porque lleva meses trabajando fuera, a mucha distancia, y las visitas escasean últimamente, hasta que vuelva de manera definitiva el verano del año que viene —la mujer rompió a llorar—. ¿Qué va a ser de nosotras, doctor?

—Vamos a tratar de curarlas, señora, no se preocupe, para eso estamos. Pero no le puedo negar que la sífilis en criaturas de tan corta edad no es buena cosa.

Candela derramaba abundantes lágrimas, apretando contra ella a sus niñas. Le había cogido afecto a Concha, la cuidaba como a su propia hija.

—¡Es un castigo de Dios! ¡Es un castigo de Dios! Tengo que pagar por lo que hice, por eso los hijos se me malogran. ¡Es por eso! ¡Dios me castiga! ¡No me deja tener más hijos! —sollozaba desesperada.

El doctor trató de calmarla e inmediatamente dio orden de trasladarlas a la zona de ingreso del hospital. Isabel se ofreció a ayudar.

—Yo llevaré a un bebé y Ezequiel al otro. Doctor Posse, si le parece bien, Ezequiel ya se queda con nosotros en el hospicio, si no tiene nada más que mandarle por hoy.

—Claro, claro, no hay problema. Y recuerde que tenemos que hablar de la visita del doctor Balmis.

—Por supuesto.

Candela se secaba las lágrimas y miraba al muchacho .

—¿Eres un expósito? No lo pareces, estás muy limpio y bien vestido. Y eres muy guapo. ¿Cómo te llamas?

—Ezequiel.

—¿Cuántos años tienes, Ezequiel?

—Nueve.

—¡Nueve! —exclamó con un aliento de voz—. ¿En qué mes naciste? —volvió a preguntar muy interesada.

—En abril.

—¡Ah! En abril —repitió decepcionada—. Había pensado que podías ser de febrero.

Ezequiel no entendió qué podía importar haber nacido en febrero o en abril. Se dispusieron a salir del cuarto. Él sujetaba a la niña como quien lleva huevos, con extremo cuidado, con temor a que se pudiera romper en cualquier momento.

El médico les abrió la puerta. Isabel y Ezequiel, que conocían el camino, iban delante, seguidos por Candela que caminaba cansada y torpe. Al salir al pasillo se encontraron con la hermana Valentina que pasaba por allí. La monja no pudo reprimir un gesto de sorpresa al ver el grupo, abrió la boca y emitió un sonido. Miró repetidas veces con sus ojos muy abiertos a Candela y a Ezequiel.

—¿Qué haces tú aquí? —gritó como enloquecida para sorpresa de todos.

Candela estaba muy avisada y sabía que debía hacer como que no la conocía de nada. Pero realmente, haberle hablado de aquella manera había sido una impudencia por parte de la monja, ahora tendrían que dar explicaciones.

—¿Conoce usted a esta ama de cría, hermana?

—Seguramente me ha confundido con alguien... —le echó una mano Candela.

La monja se recuperó del susto y recapacitó sobre su conducta. Sin duda aquella actitud la hacía sospechosa, o por lo menos les habría extrañado a todos, así que procuró tranquilizarse.

—Así es. La confundí con una mendiga que viene con frecuencia a pedir limosna. Disculpe, doña Isabel. ¿Necesitan mi ayuda? —explicó ya calmada.

Isabel le encargó atender a la propia Candela y la hermana, muy tensa, la cogió por un brazo para ayudarla a desplazarse. Mientras caminaban la amonestó airadamente, sin levantar la voz, por haber ido al hospital. La mujer le replicó que todas estaban enfermas y ella tenía la obligación de llevar a la expósita al médico.

Al doctor Posse no se le escapó el extraño comportamiento de la monja ni la conversación entre susurros de las dos mujeres. En aquel momento tuvo la intuición de que escondían algún feo secreto en el que ambas debían estar involucradas.

XI

La llegada del doctor Balmis

Isabel andaba preocupada aquellos días por la inminente llegada del doctor del rey y por aquel mandato que traía para ella y que desconocía. Todo lo que le había contado el doctor Posse sobre las vacunas le daba vueltas en la cabeza. Meterles a las personas en el cuerpo la viruela de las vacas le parecía algo contra natura. Y aunque ella confiaba con los ojos cerrados en el doctor Posse, no podía evitar sentir reparos. También le preocupaba no estar a la altura de tan distinguida visita. Isabel nunca había estado en la corte del rey, ni en ningún otro sitio que se le pareciera. Era una mujer de origen humilde y no estaba cómoda en presencia de los cargos políticos ni de las gentes de abolengo de la ciudad, cuanto más sería tratándose de un médico del rey. O varios, porque con Balmis venía todo un séquito de ayudantes. Tanto fue así que revolvió en su armario para ver qué vestidos tenía que pudieran dar apariencia de nuevos aunque no lo fueran, hacía mucho tiempo que no encargaba uno. Los pocos trajes de los que disponía eran todos anteriores al nacimiento de Benito. Todos menos uno, que curiosamente no parecía el más nuevo. Aquella tela había envejecido mal.

El niño la miraba desde la cama, jugando con un caballito de madera que le había regalado el cura del Hospital.

—¿Qué estás buscando, mamá?

—Miro la ropa, mi vida.

—¿Y por qué la miras?

—Para ver si tengo un vestido que esté un poco nuevo.

—¿Y lo tienes?

Isabel suspiró.

—No. Todos son viejos y se nota que son viejos.

—Yo te veo muy guapa.

El comentario inocente del niño, que ni siquiera la miraba y seguía jugando con el caballito, le arrancó una sonrisa.

—Aquí no hay mucho con quien compararse, solo monjas con pesados hábitos hasta los pies que les tapan todo el cuerpo, y casi también la cara. Pero gracias por el cumplido. Lo que pasa es que fuera de estos muros, en la ciudad, hay mujeres hermosas y bien vestidas. ¡Imagínate en palacio! ¡Y los peinados y las joyas!

El niño dejó el juguete y centró la atención en su madre.

—¿Vas a ir al palacio del rey?

—¡No! Pero van a venir aquí unos caballeros de la corte real. Los médicos de Carlos IV.

—¡Caramba! ¿Vendrán a caballo? ¿En carrozas? ¿Y con uniformes bonitos? ¿Voy a poder verlos? ¿Y conocen al rey? —bombardeó Benito puesto en pie.

Isabel se quedó mirando a su hijo, le sorprendía tanto interés, pero comprendió que era normal. De la misma manera que ella buscaba un traje para la ocasión, su hijo ansiaba conocer a aquellos personajes. Ya se estaba imaginando lo que acontecería cuando el resto del hospicio se enterase de aquella visita ilustre y de que les pedían su colaboración. Iba a ser cosa de locos. Intentó darle una respuesta al niño.

—Verás, son un grupo de médicos de la corte y sus ayudantes. Viven en palacio y claro, sí que conocen al rey, e incluso lo atenderán cuando esté enfermo, y a su familia también. No creo que se instalen con nosotros, son gente fina, vienen de paso, seguramente se quedarán unos días en la ciudad y luego se irán. Y, por supuesto, los niños no podéis molestarlos.

—¡Oh! —La desilusión se dibujó en la cara de Benito—. Bueno, a lo mejor podemos verlos por la ventana.

—Eso puede que sí.

—¡Pues tendrás que hacerte un vestido! ¿Y a qué vienen, mamá?

Isabel llevaba días haciéndose esa misma pregunta. Y sí, ella también pensaba que necesitaba encargar un vestido nuevo por mucho que le doliese gastar parte de los escasos ahorros que guardaba en una caja de lata al fondo del armario.

El vestido le costó diez reales. Las modistas, apremiadas por ella, lo terminaron en solo una semana. Era sobrio, de tela recia, un vestido de invierno elegante y discreto. Seguro que se alejaba mucho de las modas de París que lucirían las mujeres de palacio, pero este tenía que durar años y aguantar mucho uso. En la tienda de telas también se las habían mostrado de hermosos colores y bellos estampados, pero no le parecieron apropiadas para ella.

—Es usted una mujer muy joven, no tiene porqué llevar colores tan oscuros y tristes. Así no se va a casar nunca —había opinado la tendera.

—No tengo interés en casarme —zanjó Isabel la conversación.

Aquel color era sufrido y elegante, estaría bien.

—Mujer, por lo menos llévese un tono algo más claro —insistió aquella mujer indiscreta—. Mírelo, aquí lo tiene, sigue siendo sobrio y fino, pero no tan triste. ¿Qué me dice? Es usted muy joven y esta tela la hace mayor. Yo le vendo la que usted quiera, pero con esta otra estará más guapa y le hará la misma función.

Isabel aceptó finalmente la recomendación de la vendedora, y hasta agradeció el consejo bienintencionado de aquella mujer.

El vestido había quedado muy hermoso, con unas puntillas beis en los puños, el cuello y la pechera. Las había escogido de ese color porque el blanco con el tiempo acaba cogiendo mal color, también en eso había que pensar. Y ahora aguardaba colgado en el armario la ocasión de ser estrenado, que sería cuando a Isabel le presentaran al doctor Balmis.

El tiempo transcurrió rápidamente, con las tareas habituales y un par de nuevos abandonos. La tarde que llegó Balmis, Isabel acompañaba al carpintero para enseñarle unos catres que había que reparar.

—¿Pero qué harán esos cabestros para romper los maderos de esta manera? —rezongó el carpintero.

—No son cabestros, son niños. Algunas veces saltan y juegan en las camas. Si la madera no estuviera vieja y apolillada, aguantarían más.

—Pues cuando tenga dinero para comprar esa madera buena de la que habla, ya me lo dirá. Mientras sea gratis, yo solo le puedo poner lo que no quiere nadie.

Desde el fondo de la habitación llegó corriendo y toda sofocada la hermana Anunciación. Sus pasos a la carrera ya se escuchaban por el pasillo evidenciando la premura de la noticia que traía.

—¡Doña Isabel, doña Isabel...! —entró gritando.

—Estoy aquí, sosiégate, ¿qué ha pasado?

—Abajo, en el hospital, hay varios coches de caballos con un montón de hombres uniformados que visten casacas de colores y tienen mucho porte. Dice el doctor Posse Roybanes que son la visita que estaban esperando «de palacio» —remarcó mucho— y me manda que la avise a usted para que esté lista cuando la llamen.

La monja no parecía respirar mientras hablaba. Y nada más acabar de dar el recado, disparó un montón de preguntas.

—¿Quiénes son esos hombres de palacio? ¿Y cómo es que están aquí? ¿Pero usted los conoce, doña Isabel? ¿De verdad son de la corte del rey Carlos IV? ¿Y qué viene a hacer A Coruña?

—Tranquilícese, hermana, son hombres como otros cualquiera, vengan o no de palacio. No perdamos la cabeza. —Y, sin más explicaciones, dejó allí al carpintero con la monja y se dirigió a su cuarto a mudarse de ropa para presentarse delante de la expedición cuando la llamasen. Pero todo fue en vano, porque aquel día no la mandaron llamar.

El doctor Posse Roybanes no compartía el nerviosismo de los demás. Lo suyo podía definirse mejor como alegría, admiración y cierto grado de fascinación por el recién llegado. Balmis era un reputado médico cirujano, botánico e investigador, hijo y nieto de médicos. Su fama había llegado al doctor Posse Roybanes en aquel apartado confín del mundo que era A Coruña, incluso antes de conocer su brillante trabajo con la vacuna de la viruela, cuando regresó de las Américas con un remedio para diversas enfermedades venéreas a base de plantas del Nuevo Mundo. Balmis era ambicioso, de carácter perseverante y en ocasiones un tanto autoritario con sus subordinados. No soportaba la incompetencia, y era bien conocido que se mostraba exigente tanto consigo mismo como con los miembros de su equipo. Posse sabía de él por los estudios que había publicado, y también por referencias de otros médicos que, como él, eran partidarios de la vacunación. En alguna ocasión habían cruzado cartas, pero hasta el momento había sido un trato mínimo. Nunca antes se le había presentado la oportunidad de verlo en persona, y mucho menos de intercambiar con él impresiones y experiencias sobre la vacuna. Eso era lo que más deseaba, se moría por escucharlo contar lo que sabía.

La expedición llegó a A Coruña en una caravana de varios coches de caballos que se dirigieron directamente al Hospital de la Caridad. Antes de entrar en la ciudad, ya se había adelantado un mensajero para dar aviso a las autoridades locales y así, cuando bajaron de los coches a las puertas del hospital, ya estaba allí un comité de recepción encabezado por el alcalde y otros mandos civiles, militares y eclesiásticos de la ciudad, miembros del Santo Oficio y de la Congregación de los Dolores, así como el administrador del Hospital de la Caridad, el capitán del ejército de su majestad y otras personalidades, incluido el doctor Posse Roybanes. No todos los días se recibía tan destacada visita.

El doctor Balmis descendió del carromato y saludó, uno por uno, a todos los presentes, después se dirigió al doctor Posse.

—Doctor, en dos de los coches traigo unos niños procedentes de Madrid, unos vienen vacunados y otros no. Necesito que usted se haga cargo de ellos, principalmente de los dos que están recién infectados con la vacuna, y también del grupo que todavía no está vacunado. Hay que buscarles alojamiento por separado en todo momento. El doctor Salvany, que me acompaña,

le dará las explicaciones oportunas sobre los niños, pero es preciso atenderlos cuanto antes y vigilarlos para que esos diablillos no se nos junten en ningún momento. No se puede ni imaginar el viaje que nos han dado... Son tremendamente inquietos. Es más fácil viajar con un rebaño de cabras. Todos los presentes se rieron.

Salvany se presentó al doctor Posse dando un paso al frente y saludando con la cabeza.

—Josep Salvany y Lleopart —le dijo—, médico cirujano y subdirector de la expedición. —Era un hombre delgado, de aspecto amable y franco, sorprendentemente joven para su currículo.

—Le ruego, doctor Posse Roybanes —continuó Balmis—, que se ocupen ya ustedes dos de los niños, son nuestro tesoro, en ellos transportamos la vacuna que salvará al mundo. Caballeros —dijo dirigiéndose al grupo de las autoridades—, quedo agradecido por su recibimiento, pero ¿no les parece que debemos dirigirnos sin más dilación al lugar donde nos vayan a hospedar y dejar la conversación para la cena? Debemos solucionar muchas cuestiones y el tiempo apremia. ¿Dónde cenaremos?

—En mi residencia, señor Balmis —puntualizó el alcalde—. Y el alojamiento lo tendrán en el convento de los Agustinos.

—Perfecto. Bien, pues como este viaje no es de placer sino de trabajo, espero la máxima colaboración de todos ustedes, como su majestad en persona les solicita y requiere. El éxito de esta expedición filantrópica será el éxito de la muy noble Corona española.

—Todos estamos ansiosos por conocer los detalles de esa misión tan importante, señor Balmis —dijo el alcalde—, y, por supuesto, puede contar con nuestro apoyo incondicional y el de toda la ciudad que pongo a su entera disposición para lo que precise. Supongo que tendremos que esperar un poco más para satisfacer nuestro deseo de conocer los pormenores, pero dígame por lo menos hacia dónde se dirigen ustedes.

—Hacia América. Partiremos desde A Coruña hacia América en la más ambiciosa expedición filantrópica nunca antes realizada por una Corona europea. Serán detalladamente informados. Ahora centrémonos en acomodar a estos muchachos y a todo el resto de la expedición. En una hora lo visitaré en su despacho, doctor Posse. ¿Cree que será tiempo suficiente?

—Por supuesto.

—Vaya, veo que antes de poner al corriente a tan distinguidas personalidades como aquí hay, va usted a informar al doctor Posse...

El doctor Balmis giró la cabeza hacia el capellán del hospital que acababa de hacerle aquel reproche público.

—Ya he dicho, padre, que este es un viaje de trabajo, no he hecho un desplazamiento tan largo para cultivar amistades.

El doctor Posse Roybanes no pudo evitar sonreír, Balmis acababa de llegar y ya había tomado el mando absoluto de la misión en A Coruña. Realmente le gustaba aquel hombre.

XII
La Real Expedición Filantrópica de la Vacuna

La hora que Balmis les dio de margen al doctor Posse y a Salvany para organizar la estancia de los niños que habían traído desde Madrid pasó volando. Era cierto que aquellos críos eran indomables y de mala conducta. El viaje los había alterado aún más, estaban cansados y enrabietados. Balmis, como era de esperar, había impuesto un ritmo durísimo de viaje, muy poco adecuado para niños, y mucho menos para aquellos que en toda su vida no habían pasado una hora sin posibilidad de correr y saltar y se veían presos en un coche de caballos. En once días habían completado la distancia entre Madrid y A Coruña. Habían parado poco por precaución, para evitar que en alguno de los descansos uno de los niños pudiera escaparse, o ir a juntare con quien no debía. En la caravana había tres coches de caballos para ellos, que avanzaban bien separados unos de otros. En uno iba el grueso del grupo, los niños que aún no habían sido vacunados. En otro estaban los dos recientemente vacunados, a los que había que controlar con frecuencia la fiebre, el estado general y la evolución de las vesículas. Y en el tercero iban otros dos niños que ya habían pasado la vacunación y que Balmis no quería juntar con los demás por si podía quedar alguna remota posibilidad de que se contagiaran.

Tan pronto como se quedaron solos, Salvany le explicó la situación al doctor Posse Roybanes.

—Supongo que tendrá usted mil preguntas que desea que le contesten, el doctor Balmis en persona se encargará de explicarle todos los detalles y pormenores de la expedición. Pero, por avanzarle algo, le diré que salimos de Madrid el día 10 de septiembre con la misión de llevar a las Américas la vacuna de la viruela. —El doctor Posse se emocionó, era lo que él había imaginado—. No llevamos la vacuna en hilas, usted sabe bien que por ese sistema algunas veces se estropea y no se puede asegurar su estado en un viaje tan largo y duro por mar. Por eso, el doctor Balmis trae la vacuna *in vivo*, en una cadena brazo a brazo, con niños de entre siete y nueve años. Todos han sido rigurosamente escogidos para asegurarnos de que nunca hubieran estado en contacto con la viruela porque en ese caso la vacuna no tendría efecto en ellos. Hemos vacunado a los niños de dos en dos, para estar seguros de que, por lo menos, prenda en uno de ellos. Pasados nueve días, de las pústulas de los vacunados raspamos un poco de linfa y se la inoculamos mediante una incisión superficial en el brazo a otros dos niños sanos. Y así la vamos transmitiendo. Nuestra intención es tener siempre vacuna disponible en dos niños. Es fundamental que les busquemos alojamientos separados, de modo que no estén en contacto los vacunados con el resto. Estas criaturas, doctor Posse, son muy rebeldes, incluso estando vigilados se escapan. Le ruego que los disponga en habitaciones distanciadas y con vigilancia.

Las palabras de Salvany confirmaron las sospechas del médico de que aquella era la gran expedición que llevaría la vacuna a América. Se moría por saber todos los detalles y tenía en su cabeza mil preguntas al respecto, pero las dejaría para más tarde y se las formularía al propio Balmis. Él sabía que algo así llevaba tiempo cociéndose en palacio, pero nunca imaginó que tuviera tanta envergadura y, sobre todo, que se llevase a cabo tan pronto porque, hasta donde el doctor Posse Roybanes conocía, aquella expedición había tenido que ser aprobada, organizada y financiada en muy pocos meses. Sin duda, la epidemia de viruela estaba causando estragos en América y el rey se veía urgido a actuar.

Aquel médico tan joven le produjo una inmejorable impresión de seriedad, inteligencia y eficacia. Tenía mucho menos carácter que Balmis, pero estaba claro que se había escogido lo mejor de la Corte para llevar a cabo tan impresionante encomienda.

—Vamos a hablar con la enfermera mayor, doctor Salvany, la Congregación de los Dolores tiene su propia zona en las instalaciones hospitalarias, creo que podremos usar un par de habitaciones, incluso en distintas plantas del edificio. Acompáñeme.

Las monjas, los médicos, incluso los enfermos, todo el mundo hablaba de aquellos carruajes de caballos adornados con escudos reales y con cocheros uniformados, en los que viajaban distinguidos caballeros, unos vestidos con uniformes militares y con impolutas casacas con chorreras los otros.

Las noticias iban y venían y llegaban hasta la rectora Isabel que se impacientaba dando cortos paseos, cuarto arriba y cuarto abajo esperando que la llamaran. La hermana Anunciación aparecía con novedades a cada poco.

—Son muchos, vienen varios médicos militares, todos con peinados perfectos que no se les han estropeado en el viaje. ¿Serán pelucas, doña Isabel?

—Seguramente, hermana. O eso o son muy mañosos peinándose.

Y al poco rato volvía a llamar a la puerta.

—Traen niños. Varios. Cuatro de ellos se quedarán a dormir en una celda en la zona de la Congregación.

—¡Vaya!

—Se ha cambiado de traje. Este nunca se lo había visto. Está muy guapa.

Isabel se ruborizó. Le dio vergüenza que la monja pensara que se había hecho un vestido para presentarse delante de los médicos de palacio. Pero así había sido. En vez de dar explicaciones cambió de tema.

—¿Le han dicho cuándo tengo que presentarme?

—No.

Y allí siguió Isabel, esperando la llamada que aquel día no se produjo.

El doctor Posse, tras resolver el tema del alojamiento de los niños e insistirles mucho a las monjas para que los tuvieran bien controlados, se dirigió a su despacho en la biblioteca deseando encontrarse con el doctor Balmis.

En la mano llevaba un listado con los nombres de los niños, los cuartos en los que quedaron aposentados y las monjas que había puesto a su cuidado, por si alguien se lo solicitaba.

Ni cinco minutos tardó Balmis en aparecer. También era puntual.

—Mi querido doctor Posse Roybanes, por fin podemos conocernos y conversar en persona. Es un placer encontrar aquí un defensor y divulgador de la vacuna tan firme como usted.

—Por favor, doctor Balmis, el placer es mío. Todavía me cuesta creer que me haya sido posible tratar personalmente con tan distinguido médico cirujano de la cámara del rey, y tan sabio botánico. Sepa usted que, además de sus avances en la vacunación, he seguido también con gran atención los estudios botánicos que realizó referentes a la aplicación de la begonia y el ágave para la cura de las enfermedades venéreas.

Balmis se sintió halagado y sorprendido por el interés científico de aquel médico en un lugar tan alejado de la capital.

—¡Ay!, querido doctor, gente como usted debería abundar más en Madrid. Todavía quedan demasiados personajes contrarios a los avances de la ciencia. No se puede ni imaginar los dolores de cabeza que me ha producido tratar de convencer a algunos de los beneficios del tratamiento, incluso después de probarlo durante casi una década en México. Allí, en el hospital de San Andrés, pude asegurarme de la eficacia del remedio usado por los nativos, y mejorarlo. Pero con todo, en España he tenido que escuchar mofas e infamias hasta que lo demostré también en tres hospitales reales. Por eso le digo, amigo mío, que hay personas que se cierran a los cambios.

—¡Qué me va a contar a mí sobre eso, doctor! También yo he sufrido la crítica despiadada de muchos. Pero la medicina debe avanzar, y por cada persona curada o por cada una que libramos del mal de la viruela, ya merece la pena pasar todo ese infierno. Yo sueño con tener algún día una sala de vacunación en este mismo hospital.

Los dos colegas iniciaron una amena conversación en la que hablaron de las tierras de ultramar, de la medicina que allí practicaban los curanderos, de la inestabilidad de esos territorios que Balmis conocía tan bien, de mil cosas más y, por supuesto, de la viruela.

El médico del rey era perfectamente consciente de que el viaje que iban a emprender era una auténtica odisea que, de salir bien, los situaría en los libros de historia por los siglos de los siglos. Era una hazaña de tal magnitud que solo un hombre ambicioso, inteligente, astuto y de fuerte personalidad como Balmis podría llevarla a cabo. Conocía y preparaba cada detalle de la organización hasta el más insignificante. A pesar de que los hombres que lo acompañaban eran todos ellos de excelentes cualidades, con formación médica y capacidad organizativa, Balmis lo controlaba todo personalmente. Tenía claro cada paso a dar y sabía que un viaje tan largo, peligroso e insigne, solo podría tener éxito si se evitaba toda improvisación. Ya se encargaría el destino de meterlos en problemas y ocasionarles contratiempos, algo inevitable en tamaña empresa.

—Me ha sorprendido, doctor, no se lo voy a negar, que esta expedición se haya puesto en marcha sin encontrar opositores en la propia corte real y en el Consejo de Indias.

—Querido Posse, hemos tenido mil y un contratiempos, pero las poblaciones indígenas de ultramar están tan afectadas por las viruelas que mueren por centenares y con ello las arcas de la corona se ven gravemente afectadas. Las pasadas Navidades, el rey recibió las súplicas de los gobernadores del virreinato de Nueva Granada. Estaban padeciendo desde antes del verano la mayor epidemia conocida hasta la fecha, incluso algunas villas indígenas habían desaparecido completamente. Los nativos mueren en número mucho mayor que los europeos. En los documentos se describe una situación realmente terrible. La viruela ya no solo es una enfermedad, se ha convertido en un problema económico y en un caso de caridad cristiana, no podemos dejar morir a esas gentes. Y tenemos en el monarca Carlos IV el mejor aliado. Como bien sabe usted, ha sufrido el mal en su propia familia y está perfectamente al día del funcionamiento de las salas de vacunación en Madrid y en provincias.

—Cuénteme cómo se va a hacer, ardo en deseos de conocer los pormenores.

Verá, doctor, he tenido conocimiento, allá por el mes de marzo, de los informes positivos del Consejo de Indias y de Francisco Requena, sé que él dejó por escrito su recomendación y el convencimiento de que se podía extender la vacuna a los países de ultramar, pero desde entonces no he recibido más noticias. Aquí, en A Coruña, no ha llegado nada más sobre el asunto y, sinceramente, imaginé que se había dejado por imposible, o por la oposición de los que no confían en la vacuna, o por el brutal desembolso económico que debe suponer una expedición así...

—No ha tenido noticias porque todo se hizo muy rápidamente, por vía de urgencia. Entre la primavera y el verano quedó todo aprobado, desde la ruta al personal, pasando por la financiación. Y está usted en lo cierto, equipar a la expedición y sufragarla va a suponer un gasto monumental.

—¿Y se hará cargo la Corona?

—Por completo. Lo pagará la Real Hacienda.

—¿Íntegramente?

—Sí, íntegramente.

—¿Pero también en los países de ultramar?

—También. El único requisito que les impone la Corona es que aprueben los planes locales de vacunación y, por supuesto, que estén dispuestos a prestar la máxima colaboración.

—¡Vaya!

—Doctor Posse —Balmis se puso en pie y se acercó a la ventana del cuarto—, no sé si usted es consciente de la trascendencia de lo que estamos hablando... Vamos a implantar la vacunación en toda América, de norte a sur y de este a oeste. En los territorios afines y en los territorios hostiles a los que podamos llegar con la ayuda de las autoridades locales. La epidemia no sabe de fronteras, si no conseguimos difundir la vacuna por todas partes fracasaremos, pero, si lo hacemos, será el mayor logro sanitario alcanzado nunca por la humanidad.

Posse Roybanes miraba absorto a aquel gran hombre, que lo era sin duda.

—Veo que no le falta ilusión, capacidad de esfuerzo y empeño, pero ¿cómo piensan lograrlo?

Balmis se le acercó de nuevo y le habló entusiasmado.

—Primero difundiremos la vacuna por los distintos territorios, después instruiremos a médicos y a otras personas en la técnica de la vacunación y, en tercer lugar, crearemos juntas de vacunación en las capitales y principales ciudades de los virreinatos. De ese modo, cuando nosotros abandonemos la zona, el método quedará asentado y se seguirá vacunando a toda la población. La imprenta real ha realizado una tirada de 500 libros del *Tratado Histórico y Práctico de la Vacuna,* escrito por Jacques-Louis Moreau de la Sarthe y que yo mismo he traducido. Formaremos a los médicos locales, nosotros solo seremos los implantadores de la vacunación, ellos la practicarán a diario.

Balmis se sentó y entonces fue Posse el que se puso en pie. Caminó pensativo por la habitación buscando también la luz de la ventana.

—La idea es buena, y el fin magnífico... Pero parece un empeño de titanes. ¿Cómo van a poder organizar todo eso desde España?

—Nada se ha dejado al azar, doctor. Los barcos correo con las Américas ya han partido a primeros de este mes llevando una carta del ministro Caballero con la resolución del rey sobre la propagación de la vacuna y con las órdenes detalladas dirigidas a los virreyes de Nueva España, Perú, Buenos Aires y Santa Fe. Así mismo, las cartas se envían también al comandante general de las Provincias de Interior, a los capitanes generales de las islas Canarias, que será nuestro primer destino, también a los de las islas Filipinas y Caracas. Así mismo, a los gobernadores de La Habana y Puerto Rico. A todos se les solicita hospedaje, transporte, alimentación, toda la infraestructura y disposición necesarias para llevarles la vacuna.

Posse, todavía junto a la ventana, escuchaba admirado. Hubo un breve silencio. Y añadió:

—Es posible, doctor Balmis, que sea el carácter desconfiado y escéptico que, como sabe, nos atribuyen a los gallegos, pero, incluso consiguiendo toda esa endiablada organización, incluso suponiendo que las autoridades locales colaboren y que los indígenas se presten a ser vacunados... ¿Cómo van a llevar la vacuna hasta allí? ¿Brazo a brazo?

—Es la única manera.

—Pero, por Dios, doctor... Ya sé que el método de llevar hilas impregnadas de la vacuna no aguantaría el viaje, pero ¿cree de verdad posible establecer una cadena humana con vacunaciones cada diez días, desde España hasta los confines de América sin que se rompa nunca esa cadena? ¿Consiguiendo siempre personas a las que vacunar?

—Los distintos territorios se encargarán de eso.

—Pero ¿cómo? —Posse no daba crédito.

—Con voluntarios, con soldados, con esclavos... Con quien sea necesario. Cualquiera que esté libre del contacto

María Solar

con la enfermedad, preferiblemente niños que son organismos sanos. Después, una vez establecida la vacunación por las juntas de cada capital, ellos mismos se encargarán.

Posse negaba con la cabeza, realmente dudaba de que se pudiera mantener con éxito semejante cadena.

—Y usted la trae desde Madrid con niños.

—Efectivamente, y será como la llevemos a América.

—¿Con niños? ¿Quiere llevar la vacuna a América con niños? Pero tendría que llenar un barco entero. ¡Es una locura en una travesía tan terriblemente larga, dura y peligrosa!

—Alquilaremos un navío rápido. Calculamos que llegar a Puerto Rico desde Tenerife, lugar de nuestra primera escala, será una travesía de algo más de un mes. Y está usted en lo cierto, va a ser una difícil travesía, pero es la mejor manera de asegurarnos el éxito. Los niños tienen organismos sanos, vírgenes, buscaremos criaturas libres de la viruela y que nunca hubieran estado en contacto con la enfermedad, los más fuertes y sanos. Sus organismos aceptarán la linfa sin problemas.

—Pero doctor... Ningún padre permitirá a sus hijos emprender semejante viaje.

—Serán niños del hospicio, doctor, no será preciso tener que convencer a ningún padre.

Posse volvió a sentarse. Intentaba asimilar tanta información.

—Por eso necesitaba hablar con la rectora, claro —pensó en voz alta—. Siempre supuse que el hospicio estaba relacionado con la vacunación, pero nunca imaginé que fueran a llevar a los niños hasta América.

—Esos niños tendrán un futuro asegurado, mil millones de veces mejor que el que podrían esperar aquí. Mañana mismo hablaremos con la rectora. Debemos partir el mes que viene, en octubre, y hay mucho trabajo por hacer.

—Por supuesto, doctor Balmis, encontrará en este hospital y en su hospicio toda la colaboración y diligencia que precisa una hazaña de tales dimensiones.

—También a usted tengo que pedirle ayuda.

—Lo que necesite.

—Tendré muchas ocupaciones, necesito que usted, junto con mi diligente subdirector Josep Salvany y mi sobrino Francisco, también enrolado en la expedición como practicante, mantengan la cadena sin perder la linfa de la viruela en el mes que vamos a pasar en A Coruña preparándolo todo. Y también necesito que usted y yo elijamos juntos a los niños para el viaje.

—Por supuesto, doctor, delo por hecho.

—¡Muy bien! ¡Perfecto! —Balmis se incorporó de nuevo—. Pues me parece que va siendo hora de ir a la residencia del alcalde y catar esas deliciosas comidas que cocinan los gallegos.

—Así es, tendremos tiempo de charlar largamente, porque ya le advierto, doctor Balmis, que no se va a librar de al menos un ciento de preguntas de este humilde médico hospitalario.

Los dos se rieron.

—Espero poder darle respuesta, por lo menos a un buen número de ellas.

—No hagamos esperar al alcalde y al resto de las autoridades. Creo que va a tener que repetir varias veces durante estos días lo que me acaba de contar a mí, y también le advierto que no todos van a estar de acuerdo, ni con el gasto ni con la idea de salvar indígenas.

—No se preocupe por eso. Necios los hay en todas partes.

Caminaron juntos hasta la puerta de la estancia, allí Posse le cedió el paso al doctor Balmis.

—Pase usted, por favor.

—De ninguna manera, esta es su casa, usted primero.

—Sí, pero es mi invitado, y además yo soy mayor que usted, pase por favor.

—¿Mayor que yo? Lo dudo… Yo he nacido el 2 de diciembre de 1753, tengo 49 años. ¿Y usted, si no es indiscreción?

—Por algo se lo he dicho. Conozco la fecha de su nacimiento. Yo soy del 1 de diciembre del mismo año. Como ve, le llevo un día, por lo tanto soy mayor que usted. Hágame el favor de pasar delante.

Balmis se rio de buena gana con la anécdota en la que Posse se había fijado y salió al pasillo cogiendo al doctor amigablemente por el hombro.

XIII
Un niño extraordinario

A la mañana siguiente, Isabel volvió a vestir el traje nuevo.

Ezequiel se la tropezó poco después del desayuno e inmediatamente se fijó en el peinado de acabado perfecto con el pelo sujeto por dos pinzas con cristalitos de colores, así como en el vestido nuevo. Le llamó la atención y le pareció extraño, pero no le dio más importancia.

Aquel había sido uno de los días en los que el desayuno era escaso. Solía suceder sobre todo hacia fin de mes, hoy estaban a día veintidós y ya las monjas estiraban la leche mezclándola con agua y dividían el pan cada vez en porciones más pequeñas. Los niños pasaban hambre. Y cuando el hambre aprieta, los modales escasean. Había robos y peleas por los trozos de pan, los mayores abusaban de los pequeños cuando las monjas no los veían, y el comedor se convertía en un coro de llantos y riñas.

Pero, de entre todos, el peor era, como siempre, Tomás, y el más vapuleado, Clemente de la Caridad, al que había cogido de ojo. Le quitaba la comida día sí y día también, y le exigía su ración de pan. Pero a aquellas alturas del mes, esto ya no era suficiente, no le bastaba con hacerse con otra ración mínima de pan, quería más.

Como otras veces, se sentó a su lado junto con otros tres que lo rodearon.

—Estas raciones son raquíticas, Clemente. ¿A ti te resulta suficiente?

—No, claro, todos tenemos hambre —dijo el niño sin alzar los ojos de la mesa, con temor de enfrentarse de nuevo con Tomás.

—Pues si para ti no es suficiente, imagínate para mí que soy mayor que tú y tengo más cuerpo. ¿A ti te parece justo que nos den a los dos un trozo de pan igual si yo soy más grande, Clemente?

—No —dijo el niño por lo bajo.

—¿Cómo dices? Hablas tan bajo que no te oigo. Quiero oírlo más alto. ¿Te parece justo?

—No —alzó más la voz.

—No, ¿qué?

—No, señor Tomás —añadió según le había enseñado a decir en otras ocasiones, y todos los que habían venido con Tomás se echaron a reír.

—Así me gusta. Pues entonces, para resolver esta injusticia tienes que darme tu ración y otra más. Pero no un trocito miserable de estos, quiero que robes en el hospital un pan grande.

—No puedo robar allí. Las monjas vigilan la comida, también ellas tienen lo justo.

—Sí, pero están mejor que nosotros.

Tomás sacó un tenedor del bolsillo y se lo enseñó.

—Verás, Clemente, quiero verte a las doce en el claustro cubierto para que me des el pan. Y si no vienes con él, te clavaré este tenedor en las manos. Debe ser muy doloroso, ¿no crees?

Clemente siguió mirando la mesa sin levantar la cabeza. Tomás se puso en pie y los tres que habían venido con él lo imitaron.

—Me voy. Ya sabes, a las doce.

Y allí se quedó Clemente, hambriento y abatido.

Ezequiel, ajeno a los problemas de Clemente, fue como cada mañana a buscar al doctor Posse para ponerse a sus órdenes. Pero no lo encontró. No estaba en las salas de los enfermos del hospital ni en los cuartos de las curas, así que se dirigió a la biblioteca pensando que estaría allí, pero tampoco. Entonces decidió, con toda naturalidad, quedarse trabajando.

Sacó diversas revistas y las distribuyó por la mesa para ordenarlas en montones según el tema, cogió unas fichas nuevas, el tintero y la pluma que guardaba para su propio uso. Debía hacer una tarjeta completa para cada revista y asignarle un número y un lugar en las estanterías. Era algo laborioso, durante aquella semana había estado poco tiempo en la biblioteca, el doctor Posse Roybanes lo había tenido haciendo mil recados.

Con todo ya preparado, no le dio tiempo a cubrir nada más que una ficha antes de que llamaran a la puerta.

El que llamaba era un hombre de mediana edad vestido con una hermosa casaca militar, y el pelo, bastante canoso, perfectamente peinado y recogido en una coleta.

—¿Está aquí el doctor Posse Roybanes?

—No, hoy todavía no lo he visto.

—Vaya, esperaba encontrarlo aquí.

—Vendrá.

—¿Y tú no eres demasiado joven para ser su ayudante?

—Yo… Soy el bibliotecario.

—¡Vaya! —A Balmis le hizo gracia aquel niño tan espabilado—. También eres joven para ser bibliotecario.

—El doctor Posse Roybanes me tiene a su servicio como asistente para ordenar la biblioteca. —El pequeño señaló con el brazo el interior lleno de estanterías, y Balmis aprovechó para entrar.

—¡Caramba! ¿Y tú solo estás ordenando todo esto...? —Avanzó por el cuarto hasta la mesa y se fijó en lo que había sobre ella—. Veo que haces fichas y les asignas un código de números y letras. Indicará, supongo, la temática y el orden en el que están en la estantería.

—Sí, señor.

—Excelente trabajo... ¿Cómo debo llamarte?

—Ezequiel.

—¿Y dónde vives, Ezequiel?

—Aquí.

—¿Aquí, en el hospital? —preguntó Balmis extrañado.

—No, aquí en el orfanato.

El doctor lo miró asombrado.

—¿Tú eres un expósito?

—Sí, señor.

El doctor seguía pasmado.

—Nadie lo diría. Vistes bien, hablas muy bien, eres extraordinariamente educado, lees y escribes. Estoy asombrado. ¿Te has quedado huérfano hace poco tiempo y te trajeron entonces a la inclusa?

—No señor, me dejaron abandonado a la puerta cuando era un bebé.

—¿Todos los niños de la casa de expósitos de A Coruña son como tú?

Ezequiel se calló por un momento.

—Bueno... Supongo que podrían serlo si tuvieran ropa y educación como yo.

—Extraordinaria repuesta. Estoy asombrado.

En aquel momento, el doctor Posse Roybanes entró apresuradamente en la sala.

—Vaya, vaya... Veo que ya se conocen.

—En realidad, yo soy el que no se ha presentado, Francisco Javier Balmis, médico de cámara del rey —dijo tendiéndole la mano a Ezequiel que la estrechó muy impresionado por conocer a un hombre de palacio.

—¡Oh! Caray, perdón señor. No sabía que era usted.

—¿Perdón, por qué?

—Por ponerme a hablar con usted. No sabía que era un hombre tan distinguido.

Posse se rio desde el otro extremo del cuarto donde posaba su maletín. Balmis también sonreía.

—¿Cuántos años tienes, Ezequiel?

—Nueve, señor.

—Ya eres bastante mayorcito. Déjame verte.

El doctor le examinó la cara, los brazos, la dentadura, los ojos...

—¿Tienes alguna dolencia crónica? ¿Qué enfermedades has tenido?

—Las de todos los niños.

—¿Y cuáles son?

—La tiña, los piojos, males de tripa y descomposición de vientre, escarlatina, resfriados, sarna, lombrices... y algún hueso roto. Lo normal dentro de las enfermedades leves, nunca he tenido nada grave.

—Balmis se volvió a reír.

—Este chico es asombroso, habla con mucha propiedad. ¿Cómo sabes tú todo eso?

Posse respondió por él.

—Mi asistente de biblioteca, como es natural, está acostumbrado a los términos médicos.

—¿Ha habido viruela en el orfanato, doctor Posse?

—No me consta. Los expósitos están libres de la viruela y sin vacunar.

—¡Perfecto! Creo que es el momento de hablar con la rectora. Y puede que este niño, si a usted no le importa prescindir de él, sea un buen acompañante para los demás en el barco.

A Posse Roybanes se le borró la sonrisa de su cara y envió a Ezequiel a buscar a la rectora.

XIV

La lista de los veintidós

Ezequiel comprendió la razón del vestido nuevo de la rectora. La acompañó por los pasillos a paso apresurado. Parecía que la mujer estaba ansiosa por presentarse ante aquel médico de cámara del rey, pero también la notó nerviosa por el encuentro. Impaciente y nerviosa a partes iguales. Él mismo estaba desasosegado por el comentario del recién llegado sobre llevarlo en un barco con otros niños. Le había sentado como una pedrada en la sien. Sabía de sobra que él era un niño del hospicio y que le quedaba muy poco tiempo de estancia allí, estaba abocado a marcharse y buscarse la vida, pero también tenía que reconocer que todos aquellos meses bajo la protección del doctor Posse, aprendiendo y aprendiendo sin parar, habían hecho que fuera naciendo en él la extraña esperanza de un futuro mejor. Creía que el doctor le había cogido suficiente apego como para no permitir que acabara en las calles, pidiendo limosna como un miserable mendigo o como un ladrón. Pero marcharse con aquel desconocido en un barco era un imprevisto que lo atemorizaba. Y tampoco se le había escapado el gesto seco y serio de Posse cuando Balmis mencionó tal posibilidad. Eso todavía lo intranquilizaba más.

Llegaron a la puerta de la biblioteca y la rectora le dijo un «gracias» de despedida, con lo que Ezequiel comprendió que él se quedaba fuera. Nada deseaba más que entrar y saber qué se estaba cociendo allí. Doña Isabel llamó golpeando con los nudillos, desde dentro dijeron «pase», y ella entró cerrando tras de sí y volviendo a repetirle a Ezequiel plantado en el pasillo: «Gracias, Ezequiel».

Y así, definitivamente, se quedó fuera. Y se marchó a reunirse con los demás niños del hospicio.

—Mi querida rectora, quiero presentarle al doctor Francisco Javier Balmis, cirujano de la corte del rey Carlos IV, un eminente investigador y botánico.

Isabel tendió la mano al distinguido caballero que se la cogió y bajó la cabeza hasta ella marcando un beso pero sin llegar a posar los labios en el dorso. Una finísima genuflexión que distaba mucho del saludo de aquellos otros presuntos caballeros que besaban e incluso babeaban las manos de las mujeres en torpes saludos excesivamente afectuosos.

Ella le devolvió una leve sonrisa de agrado.

—Encantada de conocerlo, doctor.

—He estado conversando con un distinguido señorito de su orfanato, de nombre Ezequiel. Estoy realmente asombrado, nunca había visto nada igual, y desde luego dista mucho de las bestezuelas que he traído desde Madrid procedentes de un hospicio de la capital. Me han dado un trabajo infernal todos estos días.

—Ezequiel es un niño extraordinario, sí. Y además ha tenido la oportunidad de aprender letras, número y modales, gracias al doctor Posse Roybanes. Puede que otros, de haber tenido esa suerte, tampoco parecieran expósitos.

—Eso mismo me ha dicho él —remarcó Balmis.

—Siéntense los dos, por favor. Creo que es el momento, doctor, de que nos cuente los detalles de la expedición, y nos diga cómo puede el hospicio del Hospital de la Caridad colaborar. —No se le escapó al doctor Posse el traje nuevo de la rectora, pero no quiso decir nada para no violentarla.

Nada hacía sospechar nerviosismo en la apariencia de la mujer, pero estaba realmente alterada. No tenía ni idea de lo que aquel hombre del rey podría querer de ella. Se preocupaba por ser correcta en cada gesto y en cada palabra que decía.

Mientras Balmis hablaba, Isabel no dejaba de observarlo. Tenía porte distinguido, modales elegantes y gestos finos. Hablaba con propiedad y fabulosa fluidez, en un tono de voz ni bajo ni demasiado alto. Era incisivo, sabía ir al grano y también adornar el relato con toda clase de anécdotas que lo hacían más interesante y atractivo. Eran evidentes su cultura y experiencia vital. La rectora cada vez se sentía más acobardada delante de él y, al mismo tiempo, deseaba saber cuál era su implicación en aquella misión que, como relataba, iba a figurar para siempre en los anales de la historia.

—Esta cadena humana salvará a la humanidad. Evitará miles de muertes y todos los que participen en ella serán generosamente recompensados por el rey.

—Escucho maravillada tan magnífica intención, doctor Balmis. Realmente parece una difícil misión, pero, dado el entusiasmo que usted transmite, no me cabe duda de que conseguirán llevarla a cabo...

—No es cuestión de entusiasmo, señora Zendal, es el resultado de una organización exhaustiva a fin de que nada quede al azar y se pueda hacer frente a cualquier imprevisto que aparezca, porque seguramente aparecerán, y muchos.

—¿Y en qué puede colaborar una humilde rectora como yo?

Balmis se aproximó mucho a Isabel, acercando su cara a la de ella.

—Usted, señora Zendal, será pieza clave en el éxito de esta expedición.

Isabel respiró profundamente, los nervios y la expectación le producían una especie de opresión en el pecho. Balmis recuperó su posición en la silla y continuó explicándose.

—Necesito que usted me provea de los niños que llevarán la vacuna en su cuerpo desde Europa a América. —Isabel escuchaba impresionada—. Será un viaje de más de cinco semanas partiendo de Tenerife hasta Puerto Rico. Previamente haremos unos diez días de navegación desde este puerto de A Coruña hasta las islas Canarias.

—Pero usted ya ha traído niños de Madrid.

—Sí. Cuatro de ellos irán en el viaje, el resto, que ya han sido vacunados, regresarán a la capital. Pero, evidentemente, cuatro no es suficiente, necesitamos muchos más niños. Veintidós en concreto, según mis cálculos.

—¡Veintidós niños! ¿Va a meter en un barco veintidós niños?

—Así es. Ya sé que están asilvestrados, pero esa es la mejor manera de llevar el fluido de la vacuna en un viaje tan largo. Todo está estudiado, y se puede hacer. Los iremos vacunando de dos en dos para evitar la posibilidad de que en alguno de ellos no prenda la vacuna. Cada diez días, más o menos, será preciso vacunar a otros dos. Puede que en alguna ocasión sea a los ocho días, así que necesitaremos veintidós niños. Precisamente hemos venido al puerto de A Coruña porque los niños de aquí estarán sin duda más acostumbrados al mar.

—¿Acostumbrados al mar? —repitió la rectora—. ¡Pero cómo van a estar acostumbrados si jamás han subido a un barco ni lo han visto delante! Estos niños nunca han navegado y mucho menos en un mar tan bravo, en pleno océano, encerrados en un pequeño espacio, sin poder correr ni jugar. Es una locura.

—De locuras está hecho el progreso del mundo. De las mayores locuras han salido los más grandes avances. Lo haremos. Búsqueme usted veintidós niños sanos que puedan ser vacunados, libres de viruelas, que nunca hayan estado ni remotamente expuestos a ellas. Varones, fuertes y recios. Después de la experiencia con los que hemos traído de Madrid, también hemos aprendido que pueden ser muy rebeldes, así que escoja niños pequeños en la medida de lo posible. En un principio pensé que la mejor edad era la de siete a nueve años, pero ahora creo que es mejor que no pasen mucho de los tres. Serán más dóciles y además es más seguro, han tenido menos tiempo de exposición a las distintas dolencias. Cuatro vacuníferos ya los traigo yo, compléteme usted la lista, doña Isabel.

Ella se había quedado sin palabras. No veía más que dificultades, aquello le parecía una misión imposible.

Posse Roybanes se dio cuenta del aturdimiento de la mujer.

—Querida Isabel, los médicos de la corte analizaron otras posibilidades, pero llevar el fluido en los cuerpos de niños vírgenes de las muchas enfermedades que ya pasaron los adultos, es lo más seguro y recomendable.

—Tenga en cuenta que, junto con la vacuna, bien podíamos trasladar otras dolencias de una persona a otra mediante el contagio. Los niños tienen el cuerpo limpio de enfermedades. No voy a negar las dificultades de la travesía, ni la posibilidad de que los niños enfermen en el barco, pero los cuidaremos como un tesoro, porque realmente lo son —aseguró Balmis—. Y hay otro tema que no debemos menospreciar, estos niños suyos, doña Isabel, mueren a docenas cada año... Prácticamente siete de cada diez no llegan a la edad adulta...

—¡Aquí y en todos los hospicios! —se defendió la rectora.

—Aquí y en todas partes, efectivamente. Pero debe reconocer que vivir es para ellos un milagro, y otro todavía mayor es buscarles un porvenir que los saque de las calles y de la miseria. Los vacuníferos que participen en la expedición tendrán el futuro asegurado por la corona. El rey se compromete a que no les falten alimentos ni ropa durante el viaje, y que, una vez en América, se les proporcione allí una vida adecuada, educación y un oficio. Serán dados en adopción y no volverán a vivir en hospicios. Si esto no fuera posible, retornarían a España con la misma promesa de futuro —Balmis hizo una pausa—. Piénselo, doña Isabel, en realidad esta es la mejor oportunidad que estos niños nunca han tenido ni tendrán.

Isabel bajó la cabeza, pensativa. Balmis se puso en pie y le alzó el rostro sujetándolo delicadamente por el mentón.

—Es una gran oportunidad, reúname esos veintidós vacuníferos. Selecciónelos y después el doctor Posse Roybanes y yo examinaremos su idoneidad. Veintidós vacuníferos, sanos, fuertes y que, en lo posible, no pasen de los tres años de edad.

Isabel se levantó, estiró con las manos las tablas del vestido y simplemente dijo:

—Lo haré, pero, por favor señor Balmis, deje de llamarles vacuníferos. Son niños, no vacuníferos.

XV

Suertes y desgracias

Ezequiel se encontró con Clemente de la Caridad que venía de frente por el pasillo, lo vio pálido, caminando lentamente y golpeándose contra las paredes. Le extrañó. Llevaba un brazo envuelto en ropa, probablemente una camisa que en tiempos había sido blanca. Al aproximarse vio que estaba manchada de sangre.

—¡Dios mío, Clemente! ¿Qué te pasa?

El niño se tambaleó, mareado. Ezequiel le agarró el brazo vendado y él gritó.

—¡No me toques! ¡No me toques, por favor! Solo ayúdame a quitarme esto.

Cuando desenvolvió el brazo, quedó a la vista la mano izquierda con un tenedor clavado de lado a lado.

A Ezequiel se le revolvieron las tipas al ver aquello.

—Quítamelo, por favor. Yo no tengo fuerzas para arrancármelo.

Ezequiel le cogió la mano. Le temblaba. Le habían clavado el tenedor por los menos tres veces más, pero había dado en hueso y no había atravesado como allí. El tenedor tenía los dientes metidos en la carne hasta el fondo, asomando por el otro lado. Las tripas se le revolvieron aún más, la sangre escurría por todos lados.

—Cierra los ojos —dijo Clemente.

—¿Qué?

—Cierra los ojos y tira sin miedo. Si me ves sufrir, vas a querer sacarlo poco a poco, prefiero que me lo saques de un golpe. Cierra los ojos y tira sin mirarme, por favor.

Así lo hizo, apretó el tenedor cerrando la mano en torno a él hasta que lo sintió bien agarrado, después cerró los ojos y tiró con todas sus fuerzas para sacarlo limpiamente de una vez. Clemente de la Caridad se dejó caer al suelo, encogido. Se doblaba de dolor, pero no soltó ni una queja. La sangre salía con fuerza por los cuatro agujeros que había dejado el tenedor.

—¿Te he hecho mucho daño?

—No, no. Así está bien.

—Hay que ir a que te vea el doctor Posse Roybanes.

—No, no quiero. —Clemente se puso en pie apoyado contra la pared y agarrándose la mano por el dolor—. No puedo ir allí. Me preguntaría qué pasó.

—¿Y qué fue lo que pasó? ¿Quién te ha hecho esto?

—No te lo puedo decir.

—¿Ha sido Tomás, verdad? —el niño se calló—. Ha sido él. ¡Cabrón! ¡Hijo de mala madre! ¡Me las va a pagar!

—No te puedes enfrentar a él, Ezequiel, es mucho más fuerte que nosotros, y anda siempre con esos tres, nos matarían. Y si se lo contamos a alguien también. Pueden matarnos.

Era cierto. Tomás tenía cuatro años más, era muy grande y fuerte comparado con ellos. Por ese lado nada podían hacer.

—Quédate aquí, buscaré algún remedio en la botica y traeré vendas. Intenta que las monjas no te vean la mano durante un par de días y después le sacas el vendaje para que le dé el aire y se cure mejor. Ahora hay que limpiarlo bien, echarle algún ungüento y apretar fuerte para que deje de sangrar. Voy al hospital a ver qué puedo conseguir, espérame en el patio. Y aprieta fuerte.

Tras la turbadora conversación con los doctores, Isabel Zendal pasó por el hospital para interesarse por la salud del ama de cría y sus dos niñitas. El doctor Posse Roybanes ya la había informado de la situación estable de Candela, pero también del preocupante estado de sus criaturas. Primero fue a ver a la madre. A las niñas las tenían en habitaciones separadas, aunque cada cuatro horas se las llevaban para que les diera de mamar.

Candela dormía. Isabel se acercó a ella y se sentó despacito en la cama. Era una mujer joven, pero parecía atormentada, cualquiera podía verlo. La sonrisa nunca lucía en su cara. Incluso las pocas veces que la esbozaba, se veía desdibujada. Isabel lo achacó a aquellos tiempos de hambre que le había tocado vivir. Las calles estaban llenas de gente envilecida por las preocupaciones y extremadamente delgada por el hambre.

La rectora no podía evitar sentirse responsable de lo que le ocurría a aquella mujer y a su familia. Ella le había entregado una niña enferma y ahora todos estaban contagiados. Se sentó a su lado mientras dormía y lloró amargamente por haberla puesto en aquella situación. Aunque ella lo ignorase, aunque nadie pudiera haber sabido que Concepción llevaba el mal dentro de sí, se sentía responsable de aquella pobre mujer. Lloró en silencio, sin llamar la atención, y le hizo bien.

Se sentía sobrepasada por todo. Por el hambre que llevaba a las madres a abandonar a sus hijos dejándolos en el hospicio, aquel incierto lugar en el que pocos sobrevivían. La entristecía también tener que escoger veintidós niños para embarcarlos en una aventura que no estaba segura si saldría bien. No sabía si los dirigía a una vida mejor, como prometía Balmis, o a una posible muerte en el barco, víctimas de cualquier enfermedad o de un temporal. Y además, la amargaba ver a aquella pobre mujer y a su hijita tan gravemente enfermas a consecuencia de haber acogido a una expósita por tan poco dinero.

Cuando las lágrimas relajaron su cuerpo y su espíritu, se secó la cara y se dirigió al cuarto de las cunas, donde estaban las pequeñas. Llegó justo en el momento en que la hermana Valentina tapaba con la sábana la cabecita de Concepción. Acababa de morir.

Se quedó de piedra, pero no pudo evitar pensar que, si una de las tres tenía que morir, el mal menor era que muriera la expósita a quien le aguardaba un pobre futuro. La monja se percató de la presencia de la rectora.

—¡Doña Isabel! ¡Vaya! Ahora mismo iba a ir a comunicárselo. Ha fallecido la expósita.

—Concepción. Se llamaba Concepción.

La monja no hizo caso de la puntualización.

—¡Menuda tarde llevo! Primero se murió una mujer en la zona de los desahuciados, después Félix, el que había sido soldado, un pobre desgraciado que ingresó con una pequeña herida y acabó comido por la gangrena, y ahora esta niña. No paro de trabajar. Me han tocado todos los muertos. Con el trabajo que da prepararlos.

—Lo peor es para ellos. ¿No le parece, hermana Valentina?

—Voy a informar al doctor Posse Roybanes por si quiere examinarla y después se la llevo al padre Lucas para que le dé cristiana sepultura en el atrio, con el resto de los expósitos.

—Muy bien. ¿Cómo está la otra niña?

—No mucho mejor, pero está viva —comentó la monja mientras se marchaba.

Posse Roybanes llegó enseguida, pero lo que no contaba Isabel es que viniera con el doctor del rey. Se sintió avergonzada de que supiera el fallo que había tenido al dar una expósita enferma a un ama de cría sana, pensó que se llevaría una mala impresión de su trabajo. Le entregó el cuerpecito de la niña y el médico hizo una brevísima exploración, después le dejó el sitio a Balmis que también la examinó. A continuación, los dos miraron más detenidamente a la otra niña intercambiando opiniones médicas. Isabel los observaba en silencio hasta que Posse se dio cuenta de lo atenta que estaba y comprendió su aflicción.

—Querida rectora, creo que está usted atormentada por haberle entregado la niña enferma al ama de cría.

Isabel bajó la cabeza.

—Así es.

—Nadie puede diagnosticar una sífilis inocente cuando no han aparecido los síntomas. La enfermedad no es visible hasta que se muestra. Precisamente por eso es tan peligrosa. Usted actuó bien, la niña estaba revisada por mí. Sería yo, en todo caso, el que debería sentirse culpable. Pero, simplemente, los hombres no somos dioses, no podemos saberlo todo, y mucho menos evitarlo.

—Lo sé, doctor. Pero me dan pena esta mujer y su niña.

—Dios siempre echa una mano. Tranquilícese, doña Isabel, el doctor Balmis es el mayor experto en España en el tratamiento de enfermedades venéreas. Le he pedido que examine a esa mujer y a su hija, y va a colaborar con nosotros. Si la curación es posible, solo él puede hacerlo.

—En el botiquín que hemos preparado para la expedición llevamos abundante cantidad de begonia y ágave de la mejor calidad. Yo mismo prepararé el remedio. Después, ya solo depende de Dios.

—Cuánto se lo agradezco, doctor, ya sé que está muy atareado. Por mi parte, tengo que reconocerme entusiasmado ante la posibilidad de aprender de usted a realizar ese tratamiento tan prometedor y sobre el que tanto he leído.

—No es infalible, doctor Posse, pero veremos lo que se puede hacer.

Isabel Zendal dejó trabajar a los dos doctores, esperanzada por la suerte de contar con aquel experto en la enfermedad de Candela. Regresó al orfanato a reflexionar sobre la lista de los veintidós que le había encargado Balmis. Pero las sorpresas del día todavía no habían terminado.

XVI
Tiempo de ladrones

La hermana Valentina traía a Ezequiel cogido por una oreja y lanzaba contra él sapos y culebras. El jaleo que se armó hizo salir de su cuarto a la rectora.

—Pero, por Dios, ¿es que no puede haber un instante de descanso en este hospicio?

—Mientras usted descansaba, doña Isabel —se explicó la monja con retintín—, este muchacho tan bien considerado por usted y protegido del doctor Posse, estaba robando en el hospital. Menos mal que yo lo vi. Sabe Dios cuántas otras veces lo habrá hecho y lo que se habrá llevado. Ya sabe usted que a diario nos están faltando cosas.

—En el hospital entra y sale mucha gente, hermana, no puede ser que el pequeño Ezequiel...

—Antes de que siga disculpándolo, mire todo lo que ha robado hoy. —La monja tiró al suelo un montón de cosas que llevaba recogidas en el mandil—. Aquí lo tiene. ¿Es o no es un ladrón?

Al suelo cayeron varios rollos de vendas, trapos, tijeras, un frasco con medicina, e incluso un pan.

—No parece un gran tesoro, hermana. Seguro que era para llevárselo al doctor Posse Roybanes. ¿No es así, Ezequiel?

La rectora le puso a tiro la disculpa, solo tenía que decir que sí, y después ya ella hablaría a solas con el niño para saber qué demonios le había pasado por la cabeza para hacer semejante barrabasada que podía terminar con su futuro en el hospital. Lo miró fijamente aguardando la respuesta. Ezequiel entendió la coartada que se le ofrecía y a punto estaba de aceptarla y decir que sí, que era un encargo del doctor, cuando en el fondo del cuarto apareció Clemente de la Caridad.

—Todo eso era para mí. Yo se lo he pedido, la culpa es solo mía.

—¡Vaya! Tiene un cómplice. Ahí los tiene, doña Isabel, hijos del demonio. Ya le había dicho yo que todo esto era robado.

Clemente avanzó hacia ellas con la mano ensangrentada y todavía envuelta en el mismo trapo de antes.

—¡Estás herido! ¡Déjame ver esa mano!

El niño se la tendió mirando para Ezequiel y completamente abrumado por la situación.

La rectora examinó la mano por los dos lados, girándola varias veces, extrañada.

—Pero... ¿qué es esta herida? Parece... parece hecha con un tenedor...

El niño bajó la cabeza.

—¿Ha sido con un tenedor? ¿Te han clavado un tenedor en la mano? ¡Clemente, pero ¿quién te ha hecho tal cosa?!

—Seguramente ha sido el otro, doña Isabel. Estos críos son como perros, no tienen fidelidad a nadie. Hoy son amigos y mañana están peleando como animales. Y así todos los días.

Isabel hizo un gesto indicándole a la hermana Valentina que se callara.

—Habla tú, Ezequiel. Quiero oírte a ti. —El niño rompió a llorar—. Mírame, Ezequiel, levanta la vista y mírame, deja de llorar. De sobra sabes cuánto confiamos en ti y la apuesta que hemos hecho por tu futuro. El doctor Posse Roybanes te ha dado una tarea que desearían todos los que están aquí, yo misma he pasado meses instruyéndote en letras y números. El Ezequiel que yo conozco no echaría por tierra toda la confianza puesta en él por un miserable robo, y tampoco pelearía con otro expósito clavándole un tenedor, en el fondo sois como hermanos. Quiero que me expliques qué ha pasado.

La hermana Valentina se cruzó de brazos para escuchar la defensa del niño.

—No ha sido él —habló de nuevo Clemente de la Caridad, volviendo a complicarlo todo—. Él no ha sido, doña Isabel. No echen a Ezequiel del hospicio, a él le gusta mucho lo que hace, y vale para eso. No ha hecho nada malo. He sido yo que le pedí ayuda. Por favor, doña Isabel —Clemente se arrodilló cogiendo las manos de la rectora—, por favor, he sido yo que le pedí ayuda.

Isabel puso en pie al niño y volvió a dirigirse a Ezequiel, extremadamente seca y firme.

—Explícamelo todo, Ezequiel. ¡Ya!

Al niño no le quedó más remedio que contarlo. Había robado, sí. Encontró a Clemente herido y se ofreció a curarlo con material del hospital y, como no lo tenía, tuvo que buscarlo y se lo llevó sin permiso, lo cual es lo mismo que robar. Asumía su falta, debió avisar de las heridas de Clemente en vez de tomar la curación por su cuenta.

La rectora se sintió aliviada.

Lo que el niño había hecho no estaba bien y no era lo correcto, pero había sido por ayudar y proteger a un amigo, no por lucro personal y, lo más importante, él no era el agresor. Para Isabel no había nada peor que robar, era absolutamente implacable con los ladrones y consideraba que actuar con ellos de manera ejemplarizante era imprescindible para mantener el orden dentro del orfanato y, sobre todo, para no dar argumentos a todos los que pensaban que aquellos niños eran malos por naturaleza. Eso era contra lo que ella luchaba cada vez que castigaba contundentemente un robo. Muchas veces incluso con la expulsión del centro.

El caso de Ezequiel no era grave, pero debía castigarlo, eso estaba claro.

—Bueno. Puedo comprender que te hayas equivocado al elegir lo que tenías que hacer para ayudar a Clemente. Pero, si tú no lo atacaste, ¿quién lo hizo?

Los dos niños callaron.

—Decídmelo. ¿Quién le clavó a Clemente un tenedor repetidas veces? ¡Ezequiel, te estoy hablando! ¿Clemente?

Ninguno decía nada.

—Han sido ellos dos, doña Isabel. ¿No ve cómo callan? Seguramente habrán peleado y ahora se protegen porque han vuelto a hacerse amigos. ¿No le digo yo que estos no entienden de lealtades?

—¿Es eso cierto, Ezequiel? ¿Clemente? —nadie respondía. Los dos miraban hacia el suelo con la cabeza gacha.

—Bien —dijo Isabel entristecida por la situación—. Me decepcionas, Ezequiel. Si has sido tú el que le clavó el tenedor, eso es una falta grave y traerá graves consecuencias. De momento, no regresarás al hospital, queda eliminada tu dispensa para ir a trabajar allí cada día, desde mañana te quedarás aquí como todos. Y tú, Clemente, deberás realizar trabajos extras durante un mes.

Ezequiel creyó morir al escuchar su castigo. Las lágrimas le corrían por las mejillas una tras otra, como una fuente.

—Daré cuenta de lo acontecido al doctor Posse, pero quiero que sepas que este castigo ya es innegociable. En el hospicio mando yo, y debo ser severa con los que roban y mienten y, sobre todo, con los que agreden a los otros. Si no lo hiciera así, esto sería una selva. Puede llevárselo, hermana.

—¡No, no! ¡Un momento! —gritó desesperado Clemente—. No lo puede castigar, me está encubriendo a mí. Yo le pedí que no dijera quién me clavó el tenedor para que ese animal no volviera a pegarme ni le pegara a él. Ezequiel quería avisar de lo que me había pasado y yo no dejé que lo hiciera, le dije que nos mataría. Que nos mataría a los dos. —Los sollozos eran tan fuertes que costaba entenderlo. Gritaba y lloraba con desesperación, tirándole de la ropa nueva a la rectora, suplicándole clemencia para Ezequiel—. Él solo hizo lo que yo le pedí. No me ha herido, siempre me ayuda.

La rectora escuchó al niño con gesto extremadamente serio.

—¡Dime quién ha sido, Clemente!

El niño paró de llorar, miró a Ezequiel que permanecía en silencio, y confesó.

—Ha sido Tomás. Tomás me clavó el tenedor en la mano porque me negué a robar el pan del hospital para él.

La rectora suspiró fuerte.

—¡Tomás! Debí haberlo sospechado. Hermana Valentina, tráigalo aquí ahora mismo. ¡Vaya a buscarlo inmediatamente!

La monja cumplió la orden sin rechistar.

Clemente volvió a hablar.

—Tengo que darle mi pan a diario para que no me pegue. Pero ayer quería más, me pidió que robara un pan grande en el hospital para él.

La rectora miró las cosas sustraídas que seguían tiradas en el suelo.

—Ese pan. Veo que tú no lo has robado, pero lo robó Ezequiel.

—No, rectora. Yo cogí ese pan para dárselo a Clemente. Para que no estuviera tan débil y pudiera curar sus heridas. Tenía mucho dolor y no paraba de sangrar. Le traje el pan para él, yo ni siquiera sabía por qué Tomás le había clavado el tenedor.

—¡Es cierto! No se lo dije. Solo le pedí que no contara lo del tenedor porque nos mataría. Tomás es mucho más grande que nosotros. También fue él el que me hizo aquella herida en la pierna el día que nos escapamos.

—¿El día que os escapasteis? ¿Entonces también se escapó Ezequiel ese día? No me gusta nada todo esto de lo que hoy me estoy enterando, me parece que no os conozco y que no confiáis en nosotros para contarnos lo que os pasa.

—Pero, doña Isabel... Aquel día nos lo encontramos en la calle. Ezequiel regresó enseguida al hospicio, pero yo me encontré con él y me destrozó la pierna. ¿No ve que no estamos seguros ni dentro ni fuera? ¡No podíamos decir nada porque juró que nos mataría!

—¡¡Y eso es lo que voy a hacer...!! —se escuchó gritar en la puerta del cuarto. Tomás entraba, una vez más con el brazo retorcido a la espalda, sujeto por la hermana Anunciación, aquella mujer que cuando se ponía a ello hacía estupendamente el papel de carcelera. Y junto a ellos la hermana Valentina, atenta a todo.

La monja le retorció un poquito más el brazo al oír la amenaza.

—¿Te callarás? ¡Menuda lengua tienes!

Tomás se calló, dolorido.

La rectora cogió la mano de Clemente de la Caridad y se la mostró.

—¿Has hecho tú esto? ¿Es cierto que robas el pan de otros en el comedor y que les has pedido que delincan para ti?

—¡Eres un saco de mierda! —le dijo Tomás a Clemente, sin responder a la rectora—. Y tú también —añadió dirigiéndose a Ezequiel—. A mí me echarán por esto, pero vosotros no vais a estar nunca seguros en ningún sitio. Os voy a romper los huesos por veinte sitios, y os abriré las carnes en canal.

Los niños escuchaban amedrentados.

Isabel tuvo que intervenir de nuevo.

—Tú no les harás nada nunca, ni dentro ni fuera de estos muros que mañana mismo vas a abandonar. Estás expulsado, Tomás. Tú mismo te has condenado. Esas calles son frías y están llenas de borrachos y delincuentes, tendrás que sobrevivir en ellas, aquí eres una amenaza para todos. Te hemos dado todas las oportunidades posibles.

—Aquí solo paso hambre.

—Como todos. No pasas más hambre que los otros, pero tú eres pendenciero y vengativo. Ahora vete a recoger tus cosas. Yo te prepararé la documentación y te daré un mínimo de dinero para que puedas sobrevivir unos días. Esta noche dormirás encerrado en una celda y mañana saldrás para siempre de nuestras vidas. No quiero saber nunca más de ti. Y si buscas la manera de ponerles una mano encima a cualquiera de estos dos, los alguaciles darán con tus huesos en la cárcel, porque yo te denunciaré.

—¡Me vengaré de todos vosotros! ¡De todos! ¡De usted la primera, asquerosa!

—¡Te irás por la mañana!

Isabel no dijo nada más. La hermana Anunciación se llevó al muchacho para que recogiera sus pertenecías mientras él seguía repartiendo patadas al aire y profiriendo insultos para todos. La

rectora sintió que se deshacía de un gran problema, por duro que fuera echar al muchacho a la calle. Sobre los otros dos que seguían allí, dispuso que Clemente de la Caridad fuera inmediatamente a la enfermería y, a pesar de que podía entender sus miedos frente a aquel matón, tuvo que ponerle un castigo menor por sus mentiras.

Todo parecía resuelto cuando la hermana Valentina sacó un as de la manga.

Metió una mano en el peto del hábito y la sacó mostrando unos lentes. Los lentes de Félix.

—Todavía queda esto por resolver, doña Isabel.

Ezequiel se puso blanco.

—¿De quién son esos lentes?

—Son de un antiguo soldado, un pobre hombre que pasó semanas enfermo en el hospital sufriendo varias amputaciones por la gangrena. Uno de los que habitualmente charlaban con este santito —dijo con ironía señalando al niño—. Hoy ha fallecido y Ezequiel le robó las gafas al muerto.

Isabel suspiró por enésima vez aquella tarde. Todo se complicaba hasta límites insospechados. Ella solo quería descansar y meditar un rato sobre las novedades del día con la visita de Balmis y aquella difícil encomienda de la lista, pero parecía que el destino le negaba una vez más la tranquilidad.

—¿Te has llevado las gafas de ese hombre, Ezequiel?

—Él me las regaló, doña Isabel —se defendió.

—¿Cómo te las iba a regalar un muerto, desdichado? —gritó la monja.

—Me las regaló antes de morir, hará una semana. Me dijo que cuando él faltara las cogiera de su petate y se las llevara a Inés.

—Ese hombre no conocía de nada a Inés, ¿te crees que somos tontos?

—Yo le hablé de ella. Tiene que creerme, doña Isabel —suplicó Ezequiel agarrándole la falda y llorando de nuevo—. Es verdad que robé las vendas y el pan para Clemente, pero las gafas no. Las gafas me las regaló Félix para que las usara Inés y pudiera dejar de tropezar con todo.

—Hoy estoy muy cansada. Retiraos todos. Mañana hablaré de ese tema con el doctor Posse Roybanes. Si no se demuestra que es cierto lo que dices, saldrás de este orfelinato, como Tomás. Un ladrón es igual a otro. El castigo debe ser el mismo.

Ezequiel estaba abatido, derrumbado.

—¿Y qué hago con los lentes, doña Isabel? —preguntó la monja.

—El propietario está muerto, ¿no?

—Sí señora, ya se lo he dicho.

—Pues lléveselos a Inés que buena falta le hacen.

La rectora por fin se dirigió a su cuarto. Las emociones del día la habían dejado agotada. Quería pensar tranquilamente en la lista y quitarse aquel vestido nuevo que no le había traído buena suerte. Algunas veces las prendas de ropa quedan impresas con las emociones de los momentos vividos. Isabel tenía en el armario el vestido con el que había asistido al entierro de sus padres, primero al de uno y poco tiempo después al del otro. Y ya para siempre ese sería el vestido de los entierros. También tenía el abrigo que llevaba puesto cuando recogió a un niño que había sido atropellado en la calle por un carro, le había costado quitar las manchas de sangre y aún quedaba un cerquillo, solo tenía ese para los días de diario y otro para las ocasiones, pero todavía hoy, cada vez que lo sacaba del armario le recordaba al pequeño moribundo con el vientre deshecho por la rueda. Y ahora, aquel vestido nuevo era el de Balmis, y aún no sabía si la lista que le había encargado sería algo bueno o malo para los niños, si los embarcaría hacia un futuro mejor, para morir en el viaje o para quedar desatendidos tan lejos de casa.

En eso iba pensando cuando llegó a su cuarto y se extrañó al encontrar la puerta abierta. Había advertido mil veces a su hijo que la dejara siempre cerrada. Pero ahora estaba inquietantemente abierta de par en par. Apresuró el paso, incluso echó a correr cuando advirtió que dentro del cuarto estaba todo revuelto y Benito ensangrentado y tirado en el suelo.

XVII

Los problemas de Isabel

Eran los ahorros de una vida. Todo lo que había podido guardar pasando estrecheces. Lo poco que iba juntando para el futuro de Benito, para sacarlo de la pobreza, conseguir que estudiara y tuviera un porvenir asegurado. Lo guardaba todo en una lata de pimentón colocada debajo de una tabla que hacía de falso fondo en un cajón del armario. Había que revolver mucho para dar con ello. Pero Tomás lo encontró y había huido del hospicio llevándose el futuro de Isabel y el de Benito. Todo lo que tenían. Todo. Que tampoco era mucho, pero no había nada más.

Y tanto como el dinero le dolía la paliza que le había dado al niño para que le dijera dónde estaba escondido. Benito tenía la cara amoratada y desfigurada por la hinchazón. Y un brazo roto. Patadas y golpes por todo el cuerpo. Se sintió culpable por no haber expulsado antes a Tomás del hospicio. Ese chico era una bestia.

Pasó la noche en la cama compartida con su hijo, dándole calor con su cuerpo pero sin tocarlo demasiado porque estaba tan dolorido que hasta el más mínimo contacto le hacía daño. Y por la mañana le puso un emplasto tras otro con vinagre y hierbas para que le bajase la hinchazón de la cara y fueran desapareciendo los hematomas.

Le dolía tanto como a él.

A media mañana, el doctor Posse Roybanes pasó por allí. Ya la noche anterior le había entablillado el brazo roto para que no lo moviera. Aquel hombre, que se marchaba del hospital cuando ya era de noche y regresaba muy temprano, tenía una entrega absoluta a su trabajo. Ya fueran sus pacientes pobres o ricos, no hacía distinciones. Él estaba allí a la hora que hiciera falta.

—Mi querida rectora —saludó a Isabel—. Ya advierto por sus ojeras que no ha pegado ojo en toda la noche. No se preocupe tanto. El niño es fuerte, los huesos se recuperarán pronto y lo de la cara es más apariencia que una auténtica lesión. Cuando baje la hinchazón y desaparezcan los moratones, estará como siempre, con esa cara de ángel que tiene. ¿A que sí, Benito? —le dijo al niño, que asintió con la cabeza e incluso esbozó una sonrisa.

—Le duele mucho al respirar.

—Seguramente tiene alguna costilla rota por las patadas. Pero las costillas se curan solas, no se preocupe. Que se quede en la cama. Le vendrá bien una semanita de tranquilidad. El cuerpo siempre pide lo que precisa, mientras hay dolor no debe haber movimiento.

—Qué bestia sin corazón, doctor. Qué muchacho endemoniado, golpear así a los que son más pequeños que él.

—La vida fuera no va a ser fácil para él, estoy seguro de que pronto se meterá en problemas. En las calles se va a encontrar con individuos que le harán frente. Lo van a moler a palos, ya lo verá. Tiempo al tiempo. ¿Ha dado parte del robo a los alguaciles?

—Todavía no.

—Pues debe hacerlo. Que lo busquen y que lo metan entre rejas. Es lo que se merecen los delincuentes peligrosos como él.

—Doctor, ni siquiera he tenido tiempo de ponerme con la lista.

—No lo demore. Hoy tómese la mañana para cuidar a su hijo, pero esta misma tarde debe comenzar a revisar qué niños tenemos.

Posse se encaminó hacia la puerta.

—Doctor.

—Dígame.

—No sé qué hacer con Ezequiel. Ya sabe usted lo que ha pasado, ahora comprendo más que nunca el miedo que todos le tenían a Tomás, pero no puedo disculparlo del robo de las gafas. De eso no.

—Precisamente de eso quería hablarle, doña Isabel. Félix habló conmigo antes de fallecer. Él quería que sus lentes fueran para esa niña amiga de Ezequiel. Olvide ese asunto. A la chica le cambiarán la vida. Ahora, aproveche esta mañana para atender a su pequeño.

Posse abandonó la habitación e Isabel se quedó allí acariciando el pelo de su niño que parecía tranquilo. Lo miraba con una sonrisa en los labios mientras pensaba que, sin duda, Dios excusaría a Posse por aquella pequeña mentira que le acababa de contar para salvar a Ezequiel.

Aquella mañana, Isabel la pasó en su cuarto, pero por la tarde ya se puso con la encomienda. Cogió las fichas de registro de cada niño, quería tenerlas todas a la vista. El trabajo no era fácil, debía buscar niños capaces de soportar un largo viaje. Las niñas quedaban todas descartadas. Los menores de tres años también. Varios estaban tocados por enfermedades del pulmón, por raquitismo debido a la mala alimentación, o habían pasado males severos. Otros andaban siempre renqueando de una a otra enfermedad, eran claramente enfermizos. A todos esos los separó. Descartó también a otros dos de muy mal carácter, seguramente no lo hubiera hecho antes de lo sucedido con Tomás, pero ahora le parecía correcto prescindir de los más violentos. Sobre todo porque, al no existir en el barco espacio para desahogarse corriendo, era previsible que se volvieran incontrolables, así que también los dejó fuera. Después hizo dos montones, uno con los que tenían entre tres y siete años y otro con los mayores. Apenas había seleccionados diez niños menores de siete y, sumando los mayores, hacían un total de catorce. Añadiendo los cuatro de Madrid eran dieciocho, no llegaban para completar la lista de veintidós. Aquello sí que era un problema. Repasó las fichas varias veces desde el principio, pero llegaba siempre al mismo resultado, cada niño eliminado lo era por una razón firme. No había alternativa. Y esas cuentas eran anteriores a que los doctores los revisaran, podría ser que ellos descartaran alguno más.

Isabel estaba preocupada e inquieta. Se acercó a la ventana y contempló el movimiento que todos los días se producía en torno al hospital. Enfermos, gente que entraba y salía. Proveedores de alimentos. Personas que iban y venían. Un poco más lejos, advirtió la casaca de un médico militar. Un hombre joven y apuesto que se acercaba por la calle y entraba en el edificio. Sin duda sería uno de los colaboradores del doctor Balmis que participaban en la expedición.

Y no se equivocaba. Josep Salvany se dirigía al hospital para hablar con la rectora y ponerse a sus órdenes para lo que necesitara en la tarea de elaborar aquella importantísima lista de los veintidós.

Cuando la hermana Valentina lo hizo pasar al cuarto donde se encontraba la rectora, añadió un comentario que desagradó a Isabel.

—Doña Isabel, tiene visita. Este apuesto doctor del rey pregunta por usted.

No le gustó aquel «apuesto» que la monja introdujo en la frase. Qué iba a pensar aquel caballero al escucharla. Ese fue el motivo de su rubor que se acrecentó cuando el joven entró en el cuarto y muy amablemente dijo:

—Gracias, hermana. Quedo encantado de saludar a tan «apuesta» rectora.

La hermana Valentina torció el gesto y se marchó sin despedirse. Salvany sonrió tras su retranca y se dirigió a la rectora.

—Permítame que me presente como es debido, no quiero que tenga una mala impresión de mí. Doctor Josep Salvany y Lleopart, cirujano del rey y subdirector de la Real Expedición Filantrópica de la Vacuna. —Cogiendo la mano de la rectora marcó un beso en su dorso sin acercar del todo los labios, como el día anterior había hecho Balmis.

Isabel ya no vestía por tercer día su nuevo traje azul, llevaba otro corriente, como todos los suyos, pero, aun así, era una mujer bonita a pesar de estar un poco envejecida para su edad y de ser poco dada a las sonrisas.

—Encantada, doctor. ¿En qué puedo servirle?

—No, soy yo el que vengo a servirla a usted. Traigo órdenes del doctor Balmis de interesarme por la encomienda que le ha hecho, y de ponerme a su servicio para lo que necesite, mientras él se dedica a otras tareas.

—Verá, doctor Salvany, ayer tuvimos un contratiempo que me ha tenido ocupada. Solo he podido dedicar la tarde a esa tarea.

El doctor advirtió la seriedad en las palabras de la rectora.

—¿Ha pasado algo grave?

—Ya está solucionado. Por lo menos en parte. La parte que podemos solucionar, vaya. No se preocupe —hizo una breve pausa y continuó hablando—: Verá, doctor, esa no es mi única preocupación. He estado tratando de hacer la lista. —Le mostró las fichas de registro que tenía sobre la mesa—. He eliminado a las niñas, como me pidieron, a los enfermos crónicos, a los que han estado afectados por enfermedades severas, también a los débiles que continuamente están delicados de salud aunque sean cosas leves, a los menores de tres años y, además, he retirado a dos expósitos conflictivos, que no me parecen aptos para un viaje tan exigente.

Salvany estaba impresionado por la diligencia de aquella mujer.

—Estoy gratamente sorprendido, rectora, ha hecho usted un excelente trabajo. Bien, pues solo queda la revisión médica. Los doctores Balmis y Posse desean realizarla personalmente.

—Verá, no he terminado de explicarle. Una vez descartados todos esos niños, la lista no cubre las veintidós plazas que se necesitan para el viaje.

—Están los niños de Madrid.

—Esos ya los he contado. Ni así. Y le aseguro que todos los eliminados lo están por causas contundentes.

Salvany frunció el ceño.

—¿Cuántos ha podido reunir?

—Aptos, unos catorce… Diez entre tres y siete años, y cuatro mayores. Y uno de ellos está dudoso.

—¡Catorce! Faltan cuatro. Y eso si todos pasan el examen médico… ¿Y por qué me dice que uno de ellos está dudoso?

—Se trata de Ezequiel, es el asistente de biblioteca del doctor Posse Roybanes.

—¿Y? ¿Tiene algún problema?

—Bueno, no sé si el doctor querrá prescindir de él.

—Querida señora, estamos hablando de un requerimiento de su majestad el rey Carlos IV en persona, pero no es solo eso... Estamos hablando de la mayor hazaña médica de la historia... De salvar miles de vidas... ¿Me va a decir usted que el doctor Posse Roybanes no va a poder prescindir ante eso de su ayudante de biblioteca?

Isabel no soportaba que nadie le diera órdenes, ni que la pusieran en evidencia. Dado su enorme respeto al cuerpo médico, no le contestó mal, pero se defendió.

—Entiendo perfectamente la importancia de esta expedición y de los niños que la forman, pero, en el caso de Ezequiel, le consultaré al doctor si puede prescindir de él. La educación no debe faltar, ¿no lo cree así, señor Salvany? Ese niño está realizando un trabajo para él que quedaría sin terminar, y debe ser informado. Estoy segura de que el señor Posse Roybanes no tendrá inconveniente en que Ezequiel forme parte de la expedición si fuera necesario, que a lo mejor no lo es.

—Pero usted misma me acaba de decir que no son suficientes.

—Aquí no, pero en el hospicio de Santiago hay más niños. En un par de días partiré hacia allí para reclutar los que se necesiten.

—¿En un par de días? ¿No puede ser mañana mismo? Es urgente solucionar este asunto. Es una parte vital de la expedición.

—Es que mi hijo... Está mal... Querría... —Isabel se calló y reflexionó un instante—. Tiene razón. Iré mañana mismo. Benito puede quedarse unos días al cuidado de las monjas.

—¿Tiene usted un hijo? —Salvany sonrió—. Sin duda su marido es un hombre afortunado —dijo a modo de cumplido.

—No tengo esposo.

—¡Vaya! Siento la pérdida —respondió el joven, pensando que había fallecido.

—No hay pérdida, señor Salvany, simplemente no tiene padre.

El doctor se sorprendió de que una mujer soltera con un hijo estuviera a cargo del orfanato, y después se alegró de que la moral de la gente lo hubiera permitido, porque sin duda aquella mujer valía su peso en oro.

—Si me lo permite, puedo acompañarla en ese viaje a Santiago.

—No es necesario.

—Insisto.

—Está bien, como quiera. Pero, si tiene cosas que hacer, no se sienta obligado, yo puedo hacerlo sola.

—No lo dudo. Permítame acompañarla de todos modos. Ahora mismo daré orden de que tengan todo preparado para partir a las nueve y media. ¿Le parece bien? —Isabel asintió con la cabeza—. Bueno, pues hasta mañana.

El médico volvió a besarle la mano y abandonó el hospital.

XVIII
Una mujer para el barco

En los días siguientes, Balmis no paró de trabajar. Se iniciaba el mes de octubre y las cosas estaban decididamente estancadas. Al principio, el punto elegido para que la Real Expedición zarpara había sido Cádiz, puerto de mucho trasiego con las Américas, pero más tarde se cambió por el de A Coruña. Desde allí salían regularmente buques correo con destino a La Habana, Buenos Aires y Montevideo, había transporte fluido de pasajeros y mercancías, y se había convertido en uno de los puertos más importantes de España, hasta el punto de que en él se estableció el Real Consulado Marítimo y Terrestre, que reforzó su peso y también sus instalaciones.

El problema principal era el barco. Precisamente el juez del puerto era el encargado de buscar un navío adecuado. En el mes de agosto había enviado una carta a Madrid con dos propuestas: la fragata Silph y la corbeta María Pita. En el mismo informe incluía su opinión de que la fragata era demasiado grande para la función que debía desempeñar. Pero cuando Balmis llegó a A Coruña a finales de septiembre, se encontró con que nada había avanzado. Seguían sin disponer de un navío pese a que el plan era zarpar en unas pocas semanas. El doctor montó en cólera, le gritó duramente al juez del puerto y, como todo lo demás, tomó el asunto bajo su directa supervisión. Él mismo quiso visitar los barcos y hablar con sus armadores.

Efectivamente, Balmis coincidía con el juez en su apreciación sobre la fragata Silph, era demasiado grande. Esto también significaba más peso, así que lo que se ganaba en comodidad y espacio para los niños se perdía en rapidez, y para Balmis la velocidad era un asunto vital. Cuanto más corta fuera la travesía y antes pusieran los pies en tierra, mejor y más seguros estarían. Después visitó la corbeta María Pita, que llevaba el nombre de una heroína local, una mujer que, según le habían contado, había vencido a la armada inglesa hacía más de doscientos años, matando a su alférez y rebelando al pueblo contra los soldados británicos al grito de «quien tenga honra que me siga». Un nombre sin duda lleno de significado para tan valiente misión como era llevar la vacuna a América. La corbeta pesaba 160 toneladas y era propiedad de los armadores Tavera y Sobrinos.

Allí, en el puerto, Balmis consiguió una tercera opción, bastante mejor que la María Pita y, además, más barata. También era una corbeta, se llamaba San José. Pero necesitaba una reparación y esto retrasaría más la partida, así que el doctor tomó una decisión. Optó por contratar la María Pita, no muy confortable ni muy barata, pero rápida. Eso era lo que más le importaba.

El atraso acumulado era ya importante, y sería mayor teniendo en cuenta que había que equipar al navío con todo lo necesario para una larga travesía y, por supuesto, dotarlo de marinería. Lo primero que se necesitaba era un capitán. Curiosamente, a Balmis le costó menos encontrar un buen capitán de corbeta. Era Pedro del Barco y España, natural de Somorrostro, Vizcaya. El doctor le envió una carta al rey explicándole su elección, asentada en la probada valía del capitán, con amplia experiencia al mando de los Correos Marítimos de la ruta de las Indias, un hombre de buena conducta, inteligencia, desempeño y subordinación. Es decir, era la persona perfecta. El capitán sería el encargado de elegir a la marinería, y con ellos embarcarían los veintidós niños y el equipo médico encabezado por Balmis y Salvany, director y subdirector de la Real Expedición. El resto del equipo estaba formado por dos ayudantes, Manuel Julián Grajales y Antonio Gutiérrez Robledo; dos practicantes, Francisco Pastor y Balmis, sobrino del director, y Rafael Lozano Pérez; y tres enfermeros, Basilio Bolaños, Antonio Pastor y Pedro Ortega. Ese era el plan. Pero todavía faltaba mucho para zarpar. De momento, lo que había que hacer era prepararlo todo meticulosamente, porque una vez que partieran, deberían arreglárselas con lo que llevaran.

Mientras tanto, Posse mantenía vivo el fluido de la vacuna practicando inoculación en adultos voluntarios, para no tener que utilizar a los escasos niños que serían necesarios para el viaje. Vigilaba la evolución de los vacunados directamente y con mimo para tener todo listo cuando fuera preciso.

El viaje de la rectora a Santiago de Compostela duró seis días, tiempo suficiente para que Benito mejorara mucho. Seguía amoratado y dolorido, pero nada parecido al estado anterior. También de él se ocupó personalmente Posse Roybanes, aquel hombre incansable y entregado a su trabajo.

Una tarde llegó al hospital una corta caravana formada por tres carruajes que volvieron a reunir a las puertas del hospital a un grupo de curiosos. Del primero bajó Josep Salvany, lo rodeó rápidamente y le abrió la puerta del otro lado a la rectora antes de que lo hiciera el cochero. De su interior descendió Isabel con una gran sonrisa, que fue lo primero en lo que se fijó la hermana Valentina que aguardaba en la entrada del edificio.

Salvany le ofreció cortésmente el brazo a la rectora hasta llegar a la puerta, donde la monja fue implacable.

—Parece una auténtica marquesa, cuánta finura trae de Santiago, doña Isabel.

Y ahí se acabó la sonrisa.

En los otros dos carruajes venían seis niños acompañados de dos adultos del equipo de Salvany. A las órdenes de los mayores, los pequeños formaron una fila. No se diferenciaban en nada de los expósitos de A Coruña, estaban flacos, rapados, mal vestidos y los modales escaseaban. La rectora encargó a la hermana Anunciación que los acomodara donde pudiera, pero todos juntos, aunque tuviera que trasladar a otros a una cama distinta de la habitual. También anunció que harían una nueva distribución de los catres en los próximos días, tan pronto como los doctores Balmis y Posse eligieran a los veintidós definitivos. A la hermana Valentina le pidió que avisara al doctor Posse Roybanes del regreso de Salvany y de ella misma y, sobre todo, que le informara de que habían traído seis expósitos de Santiago por lo que ya podía pasar, cuando le fuera posible, a hacer la selección definitiva.

El viaje le había dejado la espalda molida de estar tanto tiempo sentada y se moría por ver a su hijo, así que se despidió sin demora del doctor Salvany.

—Querido Josep, yo ya me retiro. Gracias por su ayuda y cordialidad en estos días.

—Gracias a usted, Isabel, por tan buen hacer, tanta profesionalidad y, si me lo permite, por esa deslumbrante sonrisa que nos ha iluminado en este viaje.

Isabel sonrió de nuevo. Salvany marcó un beso en su mano, sin llegar a darlo, y la rectora entró en el edificio en compañía de la hermana Valentina.

—¿Josep?¿Isabel? ¿Dónde han quedado los «doctor Salvany» y «doña Isabel»? —comentó la monja.

Y allí también se terminó «Josep», desde aquel instante Isabel volvió a tratarlo de «doctor Salvany», porque, si algo le producía disgusto, era dar que hablar.

Al día siguiente, el propio Salvany fue a ver al doctor Posse para darle cuenta de que el viaje había tenido éxito y traían seis niños bien seleccionados, libres de viruelas, fuertes y con toda la documentación en orden.

—Gran noticia, querido amigo. Gran noticia. Supongo que ya habrá informado al doctor Balmis.

—Por supuesto. Me pide que le diga que se acercará por aquí a las doce para hacer con usted la selección.

—Aquí estaré.

—Perfecto. Hay otro tema que desearía tratar con usted, doctor.

—Escucho atentamente, dígame.

—Como bien sabe, no nos sobran niños, no debemos prescindir de ninguno que sea de interés para el buen término de la Real Expedición...

—Por supuesto, ¿por qué me dice eso?

—Hay un muchacho, doctor, que nos sería de gran ayuda en el viaje, no solo por ser perfecto para portar la linfa, sino porque destaca entre los niños, alguien a quien ellos admiran y hacen caso. Digamos que es un buen ejemplo e, incluso, un elemento tranquilizador en casos de histeria que se pudieran producir con tantos días en la mar.

—Habla usted de Ezequiel, claro.

—Sí, de Ezequiel. La rectora lo ha incluido en la lista. Esa mujer está haciendo un meticuloso trabajo. Ella conoce bien las cualidades del niño, aunque se las calla por respeto y lo ha dejado pendiente hasta que usted decida si quiere prescindir de su trabajo en la biblioteca.

Posse se frotaba el mentón pensativo.

—Lo que usted expone no es nada a lo que yo no haya dado mil vueltas estos días. De hecho, he leído detalladamente las promesas que la Corona les hace a los niños. Ciertamente, es un porvenir seguro, y soy consciente del beneficio que tendría su carácter entre el grupo de niños, pero no le voy a negar que me preocupa el viaje. Será muy duro, el barco no es más que un manojo de peligros constantes para estos chicos que, como ya ha podido comprobar, no son capaces de estar tranquilos ni dos minutos seguidos. Habrá accidentes, heridas, enfermedades... Esperemos que ninguno de ellos caiga por la borda y, desde luego, se van a marear todos como no se puede ni imaginar. Así que ustedes, que no van a poder con el cuerpo porque también se marearán, van a tener que cuidar de ellos estando igual o peor. ¿Puede imaginarse lo que es navegar a través del océano? ¿Con veintidós niños a bordo? Llorando, escapándose, peleando... Algunos enfermarán e, incluso, es posible que no todos lleguen, Dios quiera que sí.

—Me hago cargo de todo, doctor, por eso va a comprender algo más que quiero pedirle... —hizo un alto, una pequeña pausa para buscar la mejor manera de expresarse—. Doctor Posse, necesitamos a Isabel Zendal en el barco.

Posse abrió los ojos de una cuarta. Salvany continuó.

—No solo la necesitamos, es más, creo que es imprescindible, y con mayor motivo ahora que el doctor Balmis ha bajado la edad de los niños y muchos de ellos tiene tres años. ¡Tres años, doctor! Son casi bebés. Escúcheme, ha sido un error no haber tenido en cuenta esa necesidad en Madrid, pero aún estamos a tiempo de subsanarla. Será bien recompensada y bien pagada, pero doña Isabel debe venir con nosotros. Lo haría en calidad de enfermera, con un salario más que decente. Solo ella puede cuidar de esos niños como es debido, es una mujer infatigable e inteligente, he podido comprobarlo estos días en Santiago. Seria, pero amable. Los niños ya la conocen, irán mejor con ella que con un equipo de extraños.

Posse Roybanes se mostraba realmente preocupado. Aquella expedición estaba trastornándolo todo en demasía. Habló.

—¿Sabe usted que ella tiene un hijo? Benito, un niño bien educado, tiene siete años.

—Lo sé, y también que es hijo de soltera. Podría llevarlo con ella y allá tendrían oportunidad de iniciar una nueva vida sin que nadie los señale por eso.

—No creo que eso le preocupe a estas alturas. Ha conseguido ser rectora del orfanato, y es un trabajo muy digno.

—Sí, pero ¿y el niño? Él sigue siendo un hijo de madre soltera. En América nadie lo sabría.

—Sobre las dos cuestiones que me plantea, doctor Salvany... Por un lado, Ezequiel tiene mi visto y place para ir en la Real Expedición, por mucho que me duela separarme de él, casi como si fuera hijo mío, se lo aseguro, tal es la manera como ese niño se hace querer. Pero comprendo la labor que haría en el barco, así que debo dejarlo ir. Y sobre doña Isabel... Tiene que ser ella quien decida.

XIX

Los elegidos

Cuando Balmis y Posse Roybanes llegaron al hospicio, a eso de las doce y media del mediodía, la rectora ya tenía a los niños formados en dos filas, como un pequeño ejército bien dispuesto. Era una mujer extraordinariamente eficiente.

—Vaya, aquí tenemos a todos nuestros caballeros.

En realidad, los niños conformaban dos filas bastante lamentables si uno se fijaba en todas aquellas cabezas rapadas, en tanto cuerpo escuálido y en las ropas cortas, rotas y remendadas.

—Me ha pedido veintidós niños de entre tres y nueve años, con predominio de los más pequeños. Aquí tiene a los seleccionados, proceden de este orfanato y también del de Santiago. Todos están libres de viruelas, sin enfermedades graves ni crónicas, y con el mejor carácter que he podido encontrar. Estas son sus fichas de registro, están colocadas en el mismo orden que ellos en las filas para que pueda examinarlos con mayor facilidad.

—Excelente trabajo, rectora. ¡Excelente!

Balmis le pidió a Posse Roybanes que participara con él en las exploraciones. De un maletín sacaron diversos instrumentos médicos y, uno a uno, todos los niños fueron desfilando ante ellos. Comprobaron que el corazón y los pulmones estuvieran en apariencia libres de males, vieron si padecían enfermedades contagiosas, si tenían parásitos de la piel o del intestino, más allá de los piojos que eran inevitables. Algunos tenían cicatrices varias, marcas de infecciones de la piel o de la varicela, pero ninguno presentaba problemas, incapacidades o enfermedades que los invalidaran para ser portadores de la vacuna.

Pasaron el resto de la mañana con las revisiones y confeccionando fichas nuevas para cada uno de los niños que los acompañarían en el viaje, con el fin de ir apuntando allí las incidencias médicas.

Cuando acabaron con el último de los seleccionados, los doctores se dedicaron mutuamente una sonrisa de complicidad. La rectora también había estado allí todo el tiempo, de pie, siguiendo las pruebas.

—¡Bien! Ya tenemos veintidós vacuníferos dispuestos —dijo Balmis—. Veintidós niños, rectora, no se ofenda. Ya sé que no le gusta que se use ese término médico.

—Gracias, doctor. No me gusta, no, me parece frío para referirse a seres humanos —Isabel hizo una pausa—. A partir de hoy dormirán separados de todos los demás para protegerlos de cualquier contagio de última hora.

—Perfecto. Tenemos los veintidós de la lista, e incluso uno a mayores por si surge algún contratiempo. Yo no lo habría hecho mejor. Mi sobrino Francisco pasará por aquí esta misma tarde para proveerla del dinero necesario para los gastos. Quiero que estos niños sean alimentados correctamente, con tres comidas principales al día ajustadas a la dieta que recibirá por escrito, y otras dos comidas menores. También le quiero pedir que se ocupe de proveerlos a todos con calzado y ropas nuevas, y tiren esos harapos que llevan puestos. Le entregaremos una partida para que encargue ropa suficiente para vestirlos aquí y durante todo el viaje. Cada niño necesitará varias camisas y pantalones, ropa de verano y de entretiempo, y también alguna prenda de abrigo. No vamos a escatimar, los niños deben estar bien alimentados y vestidos. Soy consciente del mucho trabajo que le doy y de la premura con que se lo pido, pero usted puede asumirlo, doña Isabel, valoramos mucho su capacidad.

—Estará todo listo para cuando zarpen, tendrán la ropa lista y estarán bien alimentados.

—¡Ah! Y, por favor, láveles la cabeza con vinagre, a ver si nos deshacemos de los piojos o acabarán infectando a toda la tripulación —dijo Balmis, con aquel perfecto y bien trabajado peinado que siempre llevaba.

—Mucho me temo, doctor, que muy posiblemente no serán los niños los únicos que llevarán piojos al barco. Los marineros también los tienen con frecuencia.

—La tripulación de este navío deberá mantener también unas estrictas normas de limpieza. Somos una expedición médica. Transportamos el más delicado cargamento, no podemos echarlo a perder con cualquier enfermedad estúpida fruto de la inmundicia y la suciedad.

—A ver si lo consigue, mi querido amigo. Hay marineros que no tienen un buen trato con el agua dulce —advirtió Posse Roybanes.

El comentario hizo reír a Balmis. Se le veía realmente ilusionado al comprobar el avance de los preparativos.

—Mi querida rectora, veo que aquí falta un pequeño. O puede que dos.

—No doctor, ya han pasado todos. Trece de A Coruña, seis de Santiago, y ya sabe que tenemos otros cuatro de Madrid. En total son veintitrés.

—Creo que no está usted al tanto de que Ezequiel se va a unir a esta expedición.

Isabel miró al doctor extrañada y sorprendida, y solo recuperó el sosiego cuando el doctor Posse Roybanes le hizo un sonriente gesto con la cabeza dando así su aprobación a las palabras de Balmis.

—No lo sabía, no.

—Ese pequeño tan extraordinario será de gran ayuda en la expedición, y el doctor Posse Roybanes es muy generoso prescindiendo de sus servicios. Él sabe que el niño será recompensado como merece, no solo tiene mi palabra, sino también la de la Corona. —Isabel sonrió agradada por el compromiso—. Los niños que embarquen tendrán el futuro asegurado. Ese es, señora, un dato importante y algo que yo quisiera que usted considerara —Balmis le hablaba directamente y desde muy cerca, como solía hacer cuando abordaba un tema importante o intentaba convencer a alguien—. Doña Isabel, esta Real Expedición, la más importante hazaña médica nunca antes intentada en Europa y en el mundo entero, la necesita a usted. Después del viaje que nos trajo desde Madrid con seis vacuníferos, creo que todos nosotros fuimos conscientes de que meter en un barco a veintidós niños que nunca han navegado, ni están acostumbrados a convivir en un sitio tan pequeño y por tanto tiempo, es una ardua tarea. Y más si consideramos que muchos de ellos tienen menos edad que los madrileños, está claro que necesitan la mano de alguien que los cuide y sepa cómo llevarlos. Y esa persona tiene que ser usted.

A Isabel se le subieron de golpe los colores.

—¿Yo? ¿Cómo me voy a ir yo a las Américas?

—Todos sacrificamos algo en el viaje, todos dejamos atrás familias, comodidades y seguridad para embarcarnos en esta aventura peligrosa y de dudoso resultado, pero le puedo asegurar, doña Isabel, que el objetivo que tenemos por delante es tan altruista y generoso que por conseguirlo merece la pena tanto esfuerzo y compromiso.

Isabel miró desesperada a Posse buscando apoyo para frenar a Balmis en aquella locura.

—Yo no puedo ir doctor. ¿Y mi hijo? ¡Cómo lo voy a dejar!

—Su hijo debe ser uno de los veintidós.

—¡Qué dice!

—Doña Isabel, le estará proporcionando los dos mejores regalos que le puede dar: la vacuna contra esa terrible enfermedad y un futuro prometedor.

—Mi hijo no es un expósito, no terminará en las calles ni convertido en ladrón.

—Su hijo aquí será siempre un hijo de madre soltera. —Isabel se avergonzó por las palabras de Balmis—. Aunque le cueste reconocerlo, usted sabe que eso es así. En las Américas tendrá la oportunidad de una vida nueva. Estoy dispuesto a ofrecerle no solo el compromiso de un porvenir para el niño y un salario más que digno para usted, que se enrolará en calidad de enfermera, le ofrezco además que hagamos los trámites necesarios para obtener una documentación en la que usted conste como madre adoptiva del pequeño.

—Benito —puntualizó la rectora.

—De Benito —repitió Balmis—. De esa manera seguirá siendo hijo suyo, pero usted limpiará definitivamente su pasado y el de él. Borrará para siempre esa marca.

Isabel volvió a mirar a Posse en busca de su opinión. Y Posse finalmente habló.

—Doña Isabel, o muy poco la conozco o, pese a todos los miedos y preocupaciones personales, está usted deseando echar una mano para salvar de la viruela a toda esa gente de las Américas. Confíe en el doctor Balmis, le está ofreciendo entrar en la historia de la medicina y asegurar un futuro mejor para los dos. La echaré mucho de menos, pero acéptelo.

XX

La decisión de Isabel

Balmis le dio a la rectora unos días para que pensara en su futuro. No era para menos, una decisión tan importante no podía ser fruto de un momento, necesitaba un análisis frío y reposado. En general, aquellos fueron para todos días de tensión, nervios, miedos y alegrías. Isabel tuvo que informar a los niños, con más o menos detalle, del viaje que iban a emprender. Explicarles lo lejos que estaba América no era tarea fácil, ninguno de ellos había viajado antes. Optó por decírselo referido al tiempo, sería un viaje de más de una semana hasta la isla de Tenerife y una vez allí emprenderían otro viaje de más de un mes hasta América, metidos en el barco, siempre en el mar, sin pisar tierra. Así todos lo entendieron y algunos no ocultaron su temor. Enseguida vinieron las preguntas.

—¿Y cuándo volveremos?

—No vais a volver. Tendréis allí una nueva casa, no un sitio como este, una casa con padres.

Se formó un gran alboroto.

Los más pequeños preguntaban ilusionados por aquellos padres, los mayores se mostraban desconfiados.

—Iréis a la escuela y tendréis educación, buenos trajes y zapatos… Nunca correréis el peligro de quedaros en la calle, y nunca más pasaréis hambre.

—¿Habrá chorizo? ¿Y pan?

—Tendrán de todo. Y también algunas comidas nuevas.
Entonces alguien hizo la pregunta
—¿Y por qué nos llevan allí?
Era difícil de explicar.

—Veréis, su majestad, el rey Carlos IV, quiere llevar a esas lejanas tierras una medicina para curar la viruela —allí todos sabían lo que era la viruela, hasta los más pequeños habían oído hablar de ella—, y para llevar esa medicina necesitan niños. Os la irán poniendo de dos en dos.

—Pero nosotros no estamos enfermos.

—No, ni lo vais a estar nunca, porque os van a dar una medicina que protege contra esa enfermedad. A cada niño que se la pongan le saldrán unos pocos granitos que no duelen, y de esos granos sacarán más medicina para otros niños.

No sería muy correcta la explicación, pero sirvió.

A los pocos días ya todos soñaban con las cosas buenas que les iban a pasar en las Américas. Todos menos uno. Ezequiel.

El muchacho seguía yendo cada mañana a su trabajo en la biblioteca, pero muchas veces se la encontraba cerrada porque el doctor Posse Roybanes solía acompañar a Balmis en sus tareas por la ciudad preparando el barco para la partida, desde el aprovisionamiento de víveres hasta la documentación necesaria.

Una mañana, la puerta de la biblioteca estaba abierta y dentro de ella el doctor.

—Buenos días, doctor Posse —dijo Ezequiel con la cabeza gacha y visiblemente triste.

—Hola, Ezequiel —contestó alegre el médico—. ¡Vaya! Cuánto hace que no nos vemos, con todo este lío del barco.

—Sí, mucho… —hubo un silencio—. ¿Sabe que yo también voy a ir en él?

—Claro, claro que lo sé —dijo Posse entusiasmado.

Ezequiel se sorprendió.

—¿Y quién se va a encargar de mi trabajo aquí?

—Oh, bueno, no lo sé. No he pensado en eso. Otro vendrá.

—El médico observó con sorpresa una lágrima escurriendo por aquella cara blanca y menuda—. ¡Eeh!... Ezequiel... Pero ¿qué te pasa? ¿Hay algo que te preocupe? Es una noticia muy buena para ti, tendrás una oportunidad maravillosa en la vida. A lo mejor, hasta puedes estudiar medicina.

Las lágrimas caían cada vez más abundantes, aunque Ezequiel lloraba en silencio. El doctor se preocupó.

—¿Pero qué pasa, mi niño? ¿Qué te pasa? ¿Es porque te marchas? No tengas miedo. Va a ser bueno para ti. La Corona promete ocuparse de vuestro futuro.

—A mí..., me gustaba ayudar en la biblioteca y estar en el hospital. ¡Si he hecho algo mal, le pido perdón!

—¿Algo mal? Pero cómo ibas a hacer tú algo mal, santo de Dios. Todo tu trabajo es extraordinario, ya has oído a Balmis. ¡Yo también te voy a echar muchísimo de menos!

—Pues no deje que me vaya, doctor —suplicó Ezequiel.

—Pequeño, yo no puedo oponerme. En el barco necesitan un niño tan inteligente como tú, debes colaborar y ayudar a cuidarlos a todos. Pero es que además, Ezequiel, esto es lo mejor que te ha pasado en tu vida. Dejarás de ser un niño del hospicio y serás un héroe.

—¿E Inés? Inés se queda aquí. Nunca más la volveré a ver. Nunca. —Ezequiel lloraba desconsolado y Posse entendió el problema.

—Oh, vaya, Ezequiel. Es verdad que Inés no puede ir, no van niñas en la travesía.

—¿Usted no puede pedir que hagan con ella una excepción?

—Eso no va a poder ser. Es imposible. Inés ha pasado la viruela. La vacuna nunca prendería en ella. No puede ir, Ezequiel. Sé que ahora te duele, pero te propongo un plan. Vete con la expedición, hazte un hombre de bien, aprende un oficio y, cuando seas mayor, si todavía la quieres, vuelve a buscarla.

—¿Y si entonces ya se ha casado?

—Bueno... Podéis cartearos durante estos años. El correo con las Américas funciona bien, doy fe de ello, podéis tener contacto postal.

—Ella no sabe leer.

—Escúchame, te prometo que yo mismo le leeré cada carta que le envíes y que le enseñaré a leer y a escribir para que pronto pueda hacerlo ella sola.

El doctor limpió las lágrimas de Ezequiel, que fueron espaciándose poco a poco hasta cesar, y le dio un sonoro beso en la frente.

También la rectora seguía dándole vueltas a su futuro. Pero nunca pensó en tomar la decisión final de la manera como lo hizo, porque fue Benito quien la convenció. Fue el niño que le preguntó si no podía él ser uno de los afortunados que tendrían una vida nueva en un lugar diferente.

—Benito, el doctor Balmis también nos ha invitado a nosotros a ir con él. A ti, como al resto de los niños, para llevar la medicina, y a mí como enfermera. Pero no sé si queremos ir, porque desconozco los peligros que habrá allí.

—Pero mamá, no puedes dejar que los niños vayan solos. Y además... Tú quieres ir, ¿verdad? Quieres ser enfermera para el rey.

—A mí me gustaría llevar la vacuna al Nuevo Mundo, sí. Pero sería un cambio enorme para nosotros. Si nos marchamos, aquí cogerán otra rectora y yo no tendría trabajo cuando regresara. Aunque, por otra parte, aquí no nos queda casi nada, Benito. Los abuelos han muerto y nosotros... Nosotros no tenemos ni un real desde que Tomás nos lo robó todo. No tengo dinero para tu futuro, para mandarte a estudiar o para que algún buen artesano te coja de aprendiz en su taller y puedas montar un negocio. Todo eso ha volado. No tenemos ni una perra chica. Por eso, algunas veces pienso que ese futuro lejos puede ser mejor para ti, Benito.

El niño abrazó a su madre.

—Vámonos, mamá, vámonos a las Américas. Juntos no tendremos miedo.

Isabel Zendal se lo comunicó al día siguiente a Balmis.

La Real Expedición Filantrópica de la Vacuna ya tenía una enfermera y un niño más.

XXI

Todos se marchan

Para Ezequiel no era nada fácil lo que tenía que contarle a Inés.

Tardó días en reunir fuerzas para decírselo, aunque ella ya lo sabía por la sencilla razón de que Ezequiel ya no dormía con los demás, dormía en una habitación grande con el resto de los afortunados que se marchaban. Por eso, la sorpresa en realidad no fue para Inés, sino para Ezequiel. Tanto que lo había ensayado, día y noche, incluso hablando solo por las esquinas, pero le resultaba muy difícil decirlo. Sabía que se iba a confundir, pero nunca pensó que se explicaría tan rematadamente mal como lo hizo.

—Inés, yo también me marcho en el barco —así le salió, y él mismo quedó espantado de lo bruto y directo que había sido, pero la chica no pareció extrañarse, cosa que a él sí le extrañó.

Esperaba un llanto sin consuelo, un grito desesperado pidiéndole que no se fuera. Pero no hubo nada de eso, Inés simplemente dijo:

—Que tengas mucha suerte allá.

Ezequiel se quedó pasmado y tan frío que dudó si la sangre seguía corriendo por sus venas o se había parado. ¿Era posible que a ella no le doliera su partida?

—Gracias —acertó a responder.

—Yo también me marcho —añadió Inés.

Ezequiel se conmovió por la inocencia de la niña.

—No, Inés. Tú no puedes ir. No estás en la lista, por eso no duermes en nuestro cuarto. En realidad, no hay ninguna niña, y además tú ya has pasado la viruela y la vacuna en ti no prendería. No les vales —dijo entristecido.

—¡No, tonto! ¡No hablo del barco! Me voy de la inclusa, mañana mismo. Por la mañana muy temprano, ha dicho la rectora que me vendrá a despertar y desayunaré con ella.

Aquello sí que Ezequiel no lo esperaba.

—¡Oh!

—Ya sabías que un día tendría que salir de aquí. Y antes que tú, además. Soy mayor ¿no te acuerdas?

—Pero ¿a dónde vas? ¿Por qué te marchas tan de repente?

—Porque la rectora también se va en el barco, y antes de irse quiere dejar listas de su mano algunas cosas. Es muy buena doña Isabel. Dice que aquí yo soy la única que ya es mujer, y se quiere ir tranquila sabiendo que quedo bien.

Ezequiel sentía un puño apretándole la base del estómago y el corazón le latía a toda velocidad. No contaba con aquello, aunque la niña tenía razón, él ya sabía que no podía quedarse allí para siempre. La miró, con los lentes puestos estaba mucho más segura de sí misma. Ya no tropezaba con las cosas, aunque le costó acostumbrarse a usarlos.

—Te quedan bien las gafas —le dijo.

—Gracias —sonrió Inés—. Me las pongo a ratos, no siempre, solo cuando me hacen falta. Pero es una maravilla. Nunca podré agradecértelo de todo.

—Bueno, qué tontería. Dime, ¿a dónde vas a ir? Cuéntame.

—Doña Isabel me ha encontrado una casa de confianza para servir, me quedaré allí con ellos. Son conocidos del doctor

Posse Roybanes, un matrimonio de comerciantes adinerado, tienen negocios con las Américas a través de los barcos del puerto, pero no sé qué es lo que compran y venden. Le han prometido a la rectora que me cuidarán hasta que sea mayor, y que me darán trabajo. Tendré que aprender muchas cosas nuevas, son gente muy fina —se rio—. Ojalá pudieras verme dentro de unos años, cuando tenga modales elegantes y vaya bien vestida, con el pelo largo. Eso será lo primero que haga, dejarme crecer el pelo.

Ezequiel ya lo sabía. Era lo que siempre había dicho. Dejarse crecer el pelo era su primer signo de libertad. El muchacho estaba aturdido. Aquel cambio de planes le hizo ver de manera palpable que podían pasar miles de cosas inesperadas en los años que permanecerían alejados el uno del otro, y eso contando con que algún día se volvieran a ver. Era imposible controlar el futuro. Pero aun así, no quería marcharse tan lejos sin hacerle a Inés la promesa de que seguiría en contacto con ella.

—Inés, yo... —como otras veces, pensaba en una cosa y las palabras que salían de su boca eran otra—. ¿Tú cómo estás?

—Yo... —Inés bajó la cabeza, se quitó las gafas y los ojos se le llenaron de lágrimas—. Yo estoy sola, Ezequiel, completamente sola.

—¡No! ¡No lo estás! Yo siempre voy a estar pendiente de ti.

—Yo sé que eso es lo que tú quieres, de verdad sé que lo dices de corazón y que así es como lo sientes, pero vas a estar muy lejos, lejísimos de aquí. Y yo estaré sola, sin ti, sin Clemente, y hasta sin la rectora Isabel. No va a quedar nadie que se preocupe por mí. Echo mucho de menos a mis padres, a mi familia. ¡Qué sola me quedo otra vez, Ezequiel!

Tenía razón, tenía tanta razón que él ni siquiera podía discutirlo, ni tratar de consolarla con promesas de volver o de cuidarla por carta. Era una tontería, a la gente se la cuida estando con ella, acariciándole el pelo como habían hecho tantas noches al principio, charlando, besándose. Nadie puede cuidar a distancia, eso es una bobada. Por eso, en vez de prometerle imposibles, trató de hacerle ver un futuro mejor.

—Inés —dijo cogiéndole las manos—, tienes al doctor Posse, si te pasa algo, él se ocupará de ti. Ya lo está haciendo ahora. Te ha buscado un lugar de confianza fuera de aquí. Comerás mejor, vestirás mejor y tendrás una vida tranquila. Conocerás nuevos amigos, ¡y cobrarás un sueldo! Tendrás que trabajar, pero también habrá tiempo para divertirse, salir a la calle a pasear, incluso podrás ir al teatro y a las fiestas —Inés sonrió—. Eres la chica más fuerte que conozco, y la más lista, y cuando seas una mujer, serás igual: guapa, fuerte y lista.

Lo abrazó fuerte.

—¿Vosotros cuándo os vais?

—No lo sé. Ya llevan un mes de retraso. El doctor Balmis y su equipo tenían previsto zarpar en octubre y ya hemos entrado en noviembre, pero no creo que falte mucho. Inés… Yo no sé lo que me espera allí, ni sé si podré volver, pero me gustaría regresar, y te prometo que sabrás de mí. Te mandaré noticias al hospital para que el doctor Posse te las cuente. Y tú cuéntame también de ti, ¿de acuerdo?

—¡Claro! ¡Siempre! —Inés pensaba en su interior que pasaría el tiempo y, posiblemente, allá en el Nuevo Mundo Ezequiel la olvidaría, pero no le dijo nada de esto.

Salieron juntos al patio y buscaron a Clemente de la Caridad. Los tres pasaron horas hablando, riendo y jugando. Esa era la mejor despedida. Muy probablemente aquella sería la última vez que se verían. Eran tan conscientes de eso que no se separaron ni un instante. Incluso cuando se hizo de noche les costaba alejarse unos de los otros. Ezequiel no podía dormir. La idea de dejar a Inés fuera de su vida no le permitía pegar ojo. Después de sabe Dios cuántas horas de insomnio, dando vueltas y vueltas en la cama hasta que los minutos se hicieron insoportables, decidió ir a donde estaba su amiga para verla dormir una vez más, como en tantas ocasiones anteriores. Se levantó con mucho cuidado para no despertar a nadie, era muy de madrugada y todos, pequeños y mayores, dormían. Anduvo procurando que la madera del suelo no crujiera demasiado. Cruzó el dormitorio, salió al pasillo y entró en el cuarto donde dormía Inés, pero al llegar allí decidió dar la vuelta. Clemente estaba sentado junto a ella que dormía profundamente, y él, con suavidad como tantas otras veces, le acariciaba el pelo.

XXII
Los días lentos

Balmis conocía muy bien el puerto de Cádiz, todas las veces que había zarpado con anterioridad hacia México lo había hecho desde allí. Y en cada uno de esos viajes había procurado quedarse varias semanas organizando cosas, y también, por qué negarlo, gozando del mar, de los paisajes y del calor. De aquel cielo azul intenso, escaso de nubes, que lo recibía siempre que iba allí. Nada que ver con este otro puerto de A Coruña, de un gris ceniciento, cubierto de nubes, con un cielo cerrado día sí y día también. Era un contraste absoluto, pero no menos hermoso.

El médico disfrutaba dando cada día largos paseos solitarios. Era su manera de ordenar las ideas, de meditar en todo aquel zafarrancho que estaba poniendo en pie. El viento le daba de lleno en la cara y en la larga cabellera que llevaba atada en una coleta. Gozaba sintiendo el aire que le proporcionaba una sensación de absoluta libertad.

Solía comenzar su paseo en el mismo muelle, observando el delicioso balanceo que las olas imprimían a las pequeñas embarcaciones. Olas que rompían a continuación golpeando con fuerza contra el dique. El mar era así, unas veces hermoso y delicado y otras fuerte y violento. Siempre había movimiento en el puerto, a cualquier hora del día o de la noche. Ya fuera por el pescado o por las mercancías de España, Europa y América, aquel puerto nunca dormía. Lo mismo le pasaba a Balmis. Padecía de insomnio crónico. Pasaba largas temporadas durmiendo tan pocas horas que cualquier otro estaría enfermo y de un humor de perros, Balmis no. Estaba acostumbrado. Las responsabilidades de aquella misión eran muchas e importantes, tanto como el desembolso que suponía para la Real Hacienda. Unos gastos tan monstruosos tenían que producir necesariamente buenos resultados, era lo exigible, pero en la ciencia y en los viajes nada se puede dar por seguro al cien por cien. Por muchas previsiones que se hicieran, por muchas situaciones que quisieran llevar preparadas, era imposible saber con qué dificultades se encontrarían. Pero confiaba en su equipo, el mejor que pudiera desear, desde el propio subdirector de la Real Expedición, el joven Salvany, tan entregado a la causa, pasando por su propio sobrino, por el capitán de la corbeta y por la rectora. Aquella mujer que era capaz de dejar atrás toda la vida que conocía para enrolarse con ellos a la aventura. Estaba convencido de que su papel sería imprescindible en la travesía y se sentía afortunado por habérsela encontrado en el camino.

Caminaba hasta el final del muelle y lo dejaba atrás, siguiendo la costa hasta las playas cercanas. Era el momento más tranquilo de la jornada. Muy superada ya la mitad del mes de noviembre, el doctor veía pasar los días con desesperante lentitud.

Había solucionado algunos detalles imprescindibles, como el alquiler del barco, el capitán, la tripulación, los niños vacuníferos…, pero todavía quedaban asuntos pendientes, como parte del equipaje y los víveres e, incluso, las ropas de los niños que las modistas cosían a toda velocidad.

Mucho de todo ese equipo, sobre todo el de carácter científico, ya lo habían traído de Madrid: dos mil pares de vidrios y lienzos para portar el fluido, barómetros, termómetros, un extenso botiquín, macetas con plantas medicinales y diversos tarros con principios químicos, material quirúrgico y de primeros auxilios, e incluso los quinientos ejemplares de la obra de Morena de la Sarthe, impresos por la imprenta real, para repartirlos en los territorios por los que pasaran para que aprendieran a utilizar la vacuna correctamente. Llevaban todo eso y mil cosas más. Tenían listas y listas de materiales.

Hacía frío ya, noviembre era invierno allí, en el noroeste de la Península, no como en el puerto de Cádiz. Los marineros le habían advertido de que durante la travesía inevitablemente serían azotados por temporales, existían zonas bien conocidas en el océano Atlántico donde eran perpetuas las tempestades, los vientos huracanados y las lluvias torrenciales. Habría que tratar de evitar esas zonas en la medida de lo posible, tanto por la seguridad del barco como por el bien de los niños.

Lo mejor del plan era que el primer viaje hasta Tenerife duraría entre nueve y diez días y eso les permitiría a los niños adaptarse a la vida del barco antes de meterse de lleno en la travesía larga hasta las Américas. Y lo mismo sucedería en tierra. En Canarias practicarían los métodos y el plan de la Junta de Vacunación con los médicos locales. Allí permanecerían casi un mes. Era un buen adiestramiento antes de seguir avanzando rumbo a lo desconocido.

En medio de su paseo, Balmis escuchó que alguien lo llamaba.

Posse Roybanes se acercaba a buen paso intentando darle alcance. Balmis lo esperó sonriendo.

—¡Uff, doctor Balmis, ya no estoy yo para estos trotes! Fíjese usted, la pequeña carrera que acabo de echar para alcanzarlo y llego sin aliento... Creo que esto es una demostración de que debería pasar menos tiempo en el hospital y caminar más. Por favor, no se lo diga a mi esposa o le estaría dando argumentos para seguir riñéndome a diario por esa cuestión.

Balmis se rio.

—Quede usted tranquilo, seré una tumba y nada diré sobre su lamentable estado físico.

Los dos continuaron caminando juntos.

—La verdad, es muy hermoso este paisaje —comentó el doctor Posse—, y sucede a menudo que cuando alguien tiene estas cosas al alcance de la mano, las ignora. Creo que está usted haciendo mejor uso de todo esto que yo, que vivo aquí todo el año.

—Yo soy un enamorado de los paseos, la brisa me ayuda a pensar, ¿sabe?

—¿Y en qué piensa usted? Si no es intromisión...

—Por supuesto que no, querido amigo, pienso en los imprevistos que pueden surgir allá. Intento al menos valorar la naturaleza de las posibles dificultades que podrían presentarse, para tratar de estar preparados.

—Pues creo que le voy a dar una alegría, doctor. La rectora acaba de comunicarme que las modistas tienen ya terminada toda la ropa infantil. El lote completo está dispuesto, así como los zapatos.

—¡Excelente! Solo quedan un par de cuestiones que también están encaminadas, de modo que pienso que puedo ser prudente fijando la fecha de partida para dentro de una semana. ¡Zarparemos el 30 de noviembre!

Balmis, feliz, abrazó a Posse.

—Creo que podemos dar por concluido el paseo y regresar para informar a todo el mundo de la fecha, quiero estar seguro de que cada uno de los miembros del equipo tendrá todo listo para ese día. Tan pronto como lo confirme, escribiré a Madrid informando a su majestad, el rey Carlos IV, de nuestra inmediata partida.

El propio Posse, pese a quedar en tierra, estaba nervioso e ilusionado.

—Qué gran destino los aguarda, doctor. Dígame, ¿cómo van a organizar la expedición en tierras americanas? ¿Cuál es el orden del viaje?

—Primero, como ya sabe, partiremos hacia Tenerife, y esa travesía, de unos diez días, nos permitirá a todos acostumbrarnos al barco y practicar en las islas los métodos de vacunación que implantaremos en América. De allí, aproximadamente un mes después, saldremos en la larga travesía. Nuestro primer destino será San Juan de Puerto Rico, y de allí a La Guaira en Venezuela, después seguiremos avanzando hacia México y hacia el sur. Estoy valorando, mi querido amigo, la posibilidad de que nos vayamos separando en pequeños grupos para llegar así a más lugares, pero eso, como tantas otras cosas, habrá que decidirlo sobre el terreno. Mi intención es pasar desde México a Filipinas.

—Los veintidós niños no serán suficientes, claramente.

—No, por supuesto. Habrá que contar con otros niños expósitos locales para los nuevos viajes y, como ya le comenté en su día, doctor, si nos vemos en la necesidad de ello, la cadena se mantendrá como sea, con el ejército, con esclavos, con mercenarios…, pero se mantendrá.

Posse Roybanes suspiró.

—Son tantas las dificultades y tan enorme el empeño…, pero el objetivo de librar a esas gentes de la viruela es absolutamente loable. Sinceramente, creo que si hay alguien que lo pueda conseguir, ese es usted.

—Lo conseguiremos, no le quepa la menor duda. Será difícil, y no descarto incluso la pérdida de vidas durante las travesías, por enfermedades o por ataques de rebeldes..., pero le doy mi palabra, doctor Posse, de que lo conseguiremos.

—¡Ay, querido amigo! Yo también espero tener mi sala de vacunación aquí, en el hospital... Sería paradójico ir a librar del mal a las Indias y no hacerlo en el territorio peninsular.

—Estoy seguro de que lo conseguirá. Cuenta con todo mi apoyo y mi recomendación... Y ahora doctor, si le parece, después de notificarles a todos la fecha de la partida, pasaré por el hospital para dar de alta a Candela. Estoy feliz de haber sido de ayuda en este caso. Es una pobre mujer.

—Que usted hubiera podido atender a esa enferma y me haya permitido conocer de manera tan desinteresada el remedio para el mal venéreo, son también motivos por los que le estoy agradecido. Para nosotros, la sífilis sigue siendo un mal de difícil curación, el uso del ágave y de la begonia serán sin duda una gran ayuda.

Balmis cogió a Posse por el hombro y ambos pusieron rumbo a la ciudad.

XXIII
La deuda con Candela

Se llamaba Esperanza, ese era el nombre con el que Candela había bautizado a su pequeña a la que tanto quería. Todo el embarazo, el nacimiento y la crianza, estuvieron bajo la sombra oscura de aquel pecado tan grande que la madre había cometido al abandonar a su primer hijo a las puertas de la inclusa. No había día que no contemplara a su hijita absolutamente dominada por el amor y al mismo tiempo por la tristeza que le producía no haber podido disfrutar igualmente de su otro pequeño, haberle negado la vida que ahora podía darle a esta. Por eso le había puesto ese nombre, Esperanza, porque realmente ella vivía con la esperanza de que algún día podría recuperar a su primogénito. No le quedaba mucho tiempo, sabía que en el orfanato no lo acogerían muchos años más. El niño había nacido en febrero de 1794, tenía, pues, nueve años. Nueve larguísimos años en los que no lo había olvidado ni un solo día. Lo tenía presente cada mañana al abrir los ojos y cobrar conciencia después del sueño, y cada noche al acostarse, cuando sus labios murmuraban oraciones para que Dios lo protegiera una jornada más. La ausencia se le hacía insoportable.

Cuando nació la niña, el matrimonio tomó una dura decisión, se separarían por un tiempo a fin de poder reunir el dinero necesario para traer al niño de vuelta a casa. Juan, el padre, un hombre cariñoso y trabajador, fue quien lo propuso, no se podía aguardar ni un día más. Era un auténtico milagro que el muchacho siguiera con vida en el hospicio donde tantos morían, Dios lo había protegido, pero tenían que sacarlo ya de allí, antes de que lo echaran a la calle o tal vez lo perderían para siempre.

Juan, cantero de poca monta y ganadero en la casa, se enroló en una cuadrilla de trabajadores que estaban construyendo dos iglesias en la vecina Castilla. Era un grupo numeroso, casi todos gallegos. La distancia no le permitiría regresar hasta pasados unos meses, pero el salario era bueno y con aquel dinero podrían recuperar al muchacho y comprar ganado para mantenerse y comerciar con sus productos. Y ella, Candela, contaría también con el dinero que le proporcionaba hacer de ama de cría para la niña huérfana.

Nadie contaba con aquella sífilis inocente de Concha. Qué bien puesto tenía el nombre aquella enfermedad, efectivamente, la niña era inocente, completamente inocente y sin ninguna culpa de la enfermedad que su madre le había transmitido siendo un feto. Candela ni una sola vez sintió rabia por aquel contagio. Las tres: Concha, Esperanza y Candela eran inocentes.

Esperanza murió solo tres días después de Concha.

Ni el propio Balmis, con todas aquellas pomadas, ungüentos, tisanas y remedios, había podido hacer nada para salvarla. Candela fue la única que sobrevivió, para su propio pesar, pues era tanta su tristeza que nada le hubiera importado haberse muerto también. Pensaba que todo aquello era un castigo que le enviaba Dios por haber abandonado a su primogénito.

Por eso no podía dejar de pensar que era ella la que merecía la muerte, y no las dos criaturas.

Para Isabel Zendal, Candela era otra de sus preocupaciones, no podía evitar sentirse responsable de todo lo malo que le había sucedido, por eso no quería marcharse a ultramar sin antes dejar resuelta la situación de la mujer. Le había pedido a Balmis un adelanto de su paga para poder comprarse ropa para el viaje. Al doctor no le pareció extraño y le entregó una pequeña cantidad cargada a los gastos de la expedición, no como adelanto de su salario. Era suficiente para hacerse dos o tres vestidos. Pero Isabel no tenía intención de comprar nada para ella. Desde que Tomás le había robado los ahorros, no disponía de nada, así que esa fue la argucia que utilizó para poder reunir algo de dinero y dárselo a Candela.

A media mañana se acercó por el hospital. Candela estaba en la cama aunque ya no tenía ningún impedimento para levantarse y caminar, ninguno excepto la tristeza que sentía.

No tenía buen aspecto, seguramente habría pasado la noche sin dormir.

—Muy buenos días, Candela —saludó la rectora.

—Hola —respondió la mujer, sin mucho interés.

—Me dicen que estás mejor. El doctor Balmis te ha salvado la vida. Ha sido una gran suerte que él estuviera en el hospital.

—Sí —dijo sin darse la vuelta en el lecho para poder mirar a Isabel.

—En cuestión de horas regresarás a tu casa. ¿No tienes ganas de volver?

—¿Para qué? Nadie me espera allí.

—Tu marido estará de vuelta dentro de unos meses. Sé lo duro que ha sido perder a tu niña, pero sois jóvenes y podréis tener otro hijo.

—No podemos. Yo nunca tendré más hijos. Dios no quiere que los tenga.

—¡Por favor, Candela! —Isabel se santiguó—. ¿Cómo puedes decir esa blasfemia? Dios te dará más hijos. Esto ha sido una terrible desgracia, nadie podía saber que la niña tenía dentro esa enfermedad. Ahora tienes el corazón dolorido, pero las cosas mejorarán a medida que pase el tiempo... —hizo una pausa—. Mira, tengo algo para ti.

Candela se incorporó dándose la vuelta.

Isabel no quiso desvelar la procedencia del dinero, no quería que supiera que era de su propio bolsillo.

—Toma. —Le puso en la mano una pequeña faltriquera—. Este es tu pago.

—¿Qué pago? —Se extrañó Candela.

—El pago por tus servicios de ama de cría.

Candela lo abrió.

—Pero esto es demasiado. Yo ya he ido cobrando semanalmente, no se me debe tanto. Solo un par de semanas.

—Tómalo como una compensación por lo que ha pasado. Todos estamos tristes por tu hija. Cógelo, lo vas a necesitar.

Candela no estaba en condiciones de rechazar dinero, todo le hacía falta, y aquello era más de lo que podía imaginar. Sería un alivio para ir tirando una temporadita, y después ya volvería a estar en condiciones de trabajar como una mula, como siempre había hecho. Guardó el dinero y se alegró pensando en que podría dejar una parte de él a la hermana Valentina. Esta vez le dejaría un buen pellizco para que mirara por el niño durante más tiempo.

Esa misma mañana, Balmis le dio el alta a Candela, que inmediatamente recogió sus escasas pertenencias para marcharse. La hermana Anunciación la acompañó todo el tiempo.

—¿Quiere lavarse un poco antes de marchar? Así ya queda aseada y no tendrá que salir a buscar leña para calentar agua cuando llegue a su casa.

Aceptó con una simple sonrisa. Se lavó bien, el cuerpo y el cabello. Cuando terminó, la monja le tenía preparada una pequeña bolsa de tela que le entregó.

—Aquí tiene. Es la ropa de las dos niñas. Guárdela, a lo mejor le saca partido en el futuro.

A Candela se le cortó la respiración de golpe.

—No, gracias, hermana. Llévela usted al hospicio, seguro que allí les será de provecho.

—Pero usted aún puede tener más hijos y le hará buena falta.

—No, hermana, insisto. Lléveselo usted y gracias. Dios nunca me va a dar hijos.

La religiosa se calló pensando que el comentario sería debido al mal de la melancolía que afligía a la mujer, algo normal con unas pérdidas tan recientes.

—Por favor, hermana —continuó Candela—, necesito hablar con la hermana Valentina. Quiero despedirme de ella.

—No se preocupe por eso, andará por ahí muy ocupada, ya la despido yo en su nombre.

—No, tengo que verla —contestó con energía, tanta que sorprendió al doctor Posse Roybanes que estaba unas camas más allá y prestó oídos a la conversación.

Candela salió de la habitación y, siguiendo las indicaciones para encontrar a la monja, enfiló el pasillo que llevaba a los claustros. El doctor decidió seguirla a distancia. La vio abrir una puerta tras otra hasta que finalmente entró en uno de los cuartos cerrando tras de sí. Pero inmediatamente la puerta volvió a abrirse. Alguien dentro vociferaba y la mujer lloraba con desconsuelo. Una mano la empujaba hacia afuera para que se marchase y ella insistía en entrar.

—¡Por favor, hermana, por favor! Cójame el dinero como siempre. ¡Por favor!

—Ya le he dicho que no puedo. Y no vuelva más, ya no le va a hacer falta.

—¿Pero por qué? ¿Por qué me dice que no le hará falta nunca más? —Candela se arrodilló en el suelo, suplicante. Posse Roybanes reconoció a la hermana Valentina en la figura que permanecía dentro del cuarto—. ¿Qué le pasa, hermana? Dígame si ha muerto —gritaba Candela absolutamente fuera de sí—. ¡Dígame si ha muerto! ¡Dígame si también he perdido a mi hijo!

Posse escuchó sorprendido y se marchó sin intervenir.

XXIV
Los imprevistos del destino

«El 30 de noviembre» era la fecha que se escuchaba pronunciar por todas partes y en todas las conversaciones. Las monjas, los médicos, los niños, todos hablaban sin cesar del 30 de noviembre, día en el que zarparían a bordo de la corbeta María Pita. Ezequiel ni siquiera sabía lo que era una corbeta. No lo sabía él ni ninguno de los muchachos, pero hasta los de tres años precisaban que se iban a embarcar en una corbeta, no en un barco cualquiera. Los nervios estaban a flor de piel, se notaba. La rectora no paraba de dar indicaciones.

—Quiero que cada uno de vosotros, que sois los mayores, sea tutor de un pequeño. Haremos así: dormiréis juntos mayores con pequeños y os responsabilizaréis de lo que hagan y de que coman bien. Yo voy a estar muy atenta a todos, pero si lo hacemos como os digo, habrá menos peligro de que alguno se escape o se lastime, o de que se caiga por la borda, no hay que olvidar que es un barco y tiene muchos peligros.

Isabel repartió los pequeños que le tocaba atender a cada uno de los mayores. Los más pequeños con los de más edad. A Clemente de la Caridad y a Ezequiel, que tenían nueve años, les tocó a cada uno un niño de tres. Clemente debía hacerse cargo de Tomás Melitón, y Ezequiel, de Ignacio José. Los dos pequeños, que estaban delante, les sonrieron. Bien vestidos, ya todos parecían otros. No estaba mal hacer de hermano mayor siempre y cuando los pequeños no dieran mucho trabajo y, sobre todo, no lloraran mucho.

—¿Tú tienes miedo, Ezequiel? —había preguntado Clemente de la Caridad.

—Un poco sí, claro.

—Ahora que se acerca el día, más. ¿Verdad?

—Ahora más, sí.

—La rectora doña Isabel ha dicho que no debemos temer nada... Yo no sé... Sabe Dios cómo es aquello. ¿En las Américas habrá lobos?

Ezequiel estaba acostumbrado a ejercer de hermano mayor con Clemente, aunque tenía tanto o posiblemente más miedo que él. Solo la inocencia de los pequeños los ayudaba a no desconfiar de lo desconocido, pero cuanto más uso de razón tenían, más preguntas se hacían y menos respuestas encontraban. ¿Quién podía saber realmente lo que allí se iban a encontrar? Cómo eran las gentes, los paisajes, los animales, la vida..., si de verdad tendrían unos padres, ricos o no. Y si serían buenos además de ricos... Eran miles las preguntas y muy pocas las respuestas. Pero lo que sí sabía Ezequiel era que no sería fácil volver. Por mucho que la Corona dijera que se haría cargo del regreso si no encontraban las familias que les habían prometido, era evidente que se iban tan lejos que el regreso sería difícil. No quería transmitirle sus inquietudes a Clemente de la Caridad, pero las tenía. Y muchas.

—No hay lobos, ni leones, ni tigres, seguro.

—¿Y crees que los padres que nos esperan nos tratarán bien, o como esclavos?

—Qué tonterías dices. ¿No sabes que vamos a ser héroes? ¿No nos lo ha dicho ya el doctor Balmis?

—Sí... —Clemente bajó la cabeza en señal de disculpa—. ¿Y crees que... que no... que no nos separarán? Yo no quiero que nos separen.

—Hombre, no creo que vayamos a la misma casa, pero... seguro que podremos vernos. No van a ser tan grandes las Américas como para que no nos encontremos nunca, ¿no? Será como A Coruña, o algo así. Si nos tuviéramos que buscar por la ciudad, ¿tú no crees que tarde o temprano daríamos el uno con el otro?

—Supongo que sí. ¡Sí! ¡Claro que sí!

—Pues eso —zanjó el asunto Ezequiel.

—También voy a echar de menos a Inés... —añadió todavía Clemente de la Caridad.

—Sí, eso sí —reconoció Ezequiel.

Se iban el día 30... Faltaba tan poco... El viaje se convirtió en el único tema del que se hablaba, en la obsesión de todos, en una mezcla de miedo e ilusión. Cada día que pasaba era un día menos. Hasta las monjas estaban preocupadas y se paraban en los pasillos intercambiando información.

—Dicen los marineros del puerto que va a estar buen día, sin lluvia, pero con algo de viento.

—¿Y eso es bueno o es malo? Lo de que no llueva es bueno, ¿no? Así no se mojarán.

—En el mar el agua siempre salpica, si hace viento habrá olas. Lo que hay que saber es cuánta fuerza tendrá ese viento, si dará buena navegación en las velas o no...

Cuanto más se acercaba la fecha, más le hervía la sangre a Ezequiel. Deseaba ver a Inés una última vez, despedirse de ella y grabar su imagen en la mente. Quería guardarla muy bien en la memoria para recordarla por semanas, meses y años. No quería que se le olvidase nunca su linda cara. Así que, pese a todos los cuidados y advertencias de que no salieran y no se mezclaran con nadie que no fuera personal del hospicio, decidió ir a verla a la casa donde servía. El doctor Balmis en persona les había advertido de lo fulminante que sería el castigo si no cumplían estrictamente aquella especie de cuarentena. Es decir, nada de huir a escondidas y nada de merodear por el hospital o cosas semejantes. Todos sabían que la lista no era de veintidós, sino que había algunos niños de más. En la primera selección de Isabel ya sobraba uno, y no incluía a Ezequiel ni a Benito. Desde que los dos se incorporaron había niños de más, así que varios de los elegidos tendrían que quedarse en tierra, pero nadie sabía quiénes serían. Solo los médicos conocían la identidad de los suplentes que, de no ser necesarios por algún motivo, serían descartados el último día. Por eso también se podían permitir sacar de la lista a quien se pusiera enfermo a última hora, o al que no acatara las estrictas órdenes para evitar contagios inoportunos.

Pero para Ezequiel nada podía frenar la imperiosa necesidad que sentía de ver a Inés antes de marchar. Decidió hacerlo justo después del desayuno. Pese a las normas, realmente no era muy difícil salir de allí. Las monjas estaban siempre muy ocupadas y la vigilancia era escasa, tanto que el muchacho salió por la puerta de servicio en el primer intento, sin apenas dificultad.

Primero echó a correr por las calles y, cuando ya estaba a una cierta distancia del hospicio, se paró y siguió caminando. Percibió algo distinto respecto a otras escapadas anteriores. Él se sentía diferente. Era la ropa. Ya no iba vestido como un mendigo. Llevaba ropa nueva y bien cosida. Y se vio a sí mismo andando normalmente, sin miedo, como cualquier otro transeúnte, como si no hubiera huido de ningún sitio, como si no hubiera hecho nada malo y tuviera todo el derecho del mundo a caminar por aquella calle. Decidió saludar a las personas que pasaban.

—¡Buenos días, señora! ¡Buenos días, señor!

Los saludaba elegantemente, con un pequeño movimiento de cabeza, y aquellas personas le devolvían el saludo.

Se sintió feliz. Algo así tendría que ser caminar por las calles de La Guaira, Buenos Aires, México o La Habana, todos aquellos sitios de ultramar de los que Posse Roybanes y Balmis hablaban. No volvería a ser nunca más un desgraciado niño del hospicio. Llenaba sus pulmones de aire y se sentía crecer. Si las cosas iban bien, volvería a buscar a Inés, que estaría con su larga melena rizada y lazos de colores. Sonreía ilusionado. Nunca la calle había sido tan hermosa. Pasó entre los coches de caballos con cochero, vio distinguidos caballeros entrando en ellos, seguramente serían comerciantes atraídos por el puerto. Se imaginó lejos, adulto ya, con su negocio, siendo un hombre importante. Él nunca había tenido aquellos sueños de grandeza, ni siquiera se le había ocurrido imaginar que podía llegar a tener un negocio propio, pero ahora sí, soñaba con un mundo jamás visto en el que las cosas fueran realmente de otra manera.

Avanzaba con todo esto en la cabeza, con una sonrisa dibujada en los labios, tan concentrado y tan distraído que tropezó con una mujer a la que se le cayeron las frutas que llevaba en una cesta. Ezequiel la ayudó a recoger todo y se disculpó. La mujer aceptó las excusas con una sonrisa y continuó su camino. Estaba ya muy cerca de la casa donde servía Inés, apenas quedaban unos doscientos metros. A la derecha de la calle principal se abría un callejón oscuro y sucio, uno de esos lugares por los que antes habría escogido su itinerario, pero que hoy había evitado. En ese callejón, Ezequiel vio a un niño que se movía con dificultad. Estaba sentado en el suelo y se apoyaba contra una pared tan mugrienta como todo lo demás. Aquel muchacho centró su atención. El chico no lo estaba mirando. No miraba nada en concreto, tenía la vista alzada hacia el edificio de enfrente y no parecía estar bien. Aquella figura lo atraía y no podía separar de ella su mirada, hasta que un vago movimiento de cabeza le permitió verlo mejor. Era Tomás, que acto seguido se desplomó hacia un lado y quedó tendido en el suelo.

Ezequiel estaba paralizado. Observaba al antiguo compañero tirado allí, entre toda aquella inmundicia, sobre un suelo por el que corrían aguas fétidas, después miró hacia adelante a la calle principal por donde la gente bien vestida iba y venía sin reparar en aquel callejón ni en el niño allí postrado y supo que, aunque se hubieran percatado de ello, no se le habrían acercado dado su aspecto miserable. Solo estaba a doscientos metros de la casa de Inés.

Permaneció allí de pie.

No avanzaba ni retrocedía.

Y entonces, entró en el callejón para levantar a Tomás del suelo.

Se acercó a él. El mal olor que el chico emanaba se percibía desde lejos. Tenía la ropa hecha jirones. Seguro que se había metido en problemas y, desde luego, no parecía que le hubiera ido bien, ni que tuviera un techo para cobijarse.

Lo incorporó apoyándolo contra la pared y lo dejó sentado como antes. Llevaba un paño negro alrededor del cuello que también le cubría parte de la cara. Hasta que lo incorporó no pudo verle el rostro, desfigurado por los golpes de una paliza, hinchado..., pero había algo más. Había ampollas por todas partes. Le miró las manos, también allí había ampollas. Tomás estaba ido, semiinconsciente, cuando abría los ojos, parecía re-conocerlo, pero no hablaba.

A Ezequiel se le revolvió el cuerpo. Sintió profunda repul-sión por aquellas ampollas y por lo que significaban. Necesita-ba huir, escapar lejos y dejar a Tomás allí tirado, con su castigo merecido. Este no reaccionaba. Miraba a lo alto y, por momen-tos, parecía reconocerlo. No, no merecía ese castigo. Nadie merece morir de viruela con el cuerpo deformado y lleno de ampollas y costras. Lo ob-servó mejor, pero a distancia. No le vio ampollas dentro de los ojos, y el rostro, aunque tenía bastantes, todavía no estaba pla-gado de ellas. Pensó que seguramente la fiebre sería la causa de la falta de consciencia.

Entonces Tomás le habló:

—Ezequiel —tenía un hilo de voz—. Ezequiel, eres tú, no estoy soñando. Llévame a casa. Llévame al hospicio… —se calló. Hubo un breve silencio y añadió una súplica—. Por favor.

Se le veía exhausto. Seguramente hacía días que no comía.

Ezequiel seguía agachado delante de él, mirándolo a distan-cia, sin reaccionar. Desde el callejón echó una ojeada a la calle principal, estaba a doscientos metros de Inés.

—Ezequiel. Por favor. Por favor. Por favor —repetía Tomás.

Lo miró de nuevo. No era ni la cuarta parte de aquel matón que los molía a golpes y los amenazaba en el orfanato. Este era un desecho.

—Te voy a ayudar. Pero yo solo no puedo contigo, tienes que apoyarte y caminar por tu cuenta, aunque tardemos horas en lle-gar. Tápate, que no te vea la gente las ampollas, y ten cuidado de no tocarme la piel. Si en algún momento me tocas la piel con las manos o con la cara, te dejo tirado donde sea. Y allí morirás abandonado.

Por lo menos para eso le servía todo lo que había aprendido con el doctor Posse Roybanes, la viruela se contagiaba por las pústulas y por el líquido que contenían las ampollas. Lo llevaría al hospital, pero con precaución.

Tomás esbozó una sonrisa.

—Espera, quiero estar seguro de que me has entendido. Me vas a ayudar a llevarte y no me vas a tocar ¿Lo entiendes?

—Lo entiendo.

Ezequiel lo ayudó a incorporarse sujetándolo por la ropa y evitando siempre el contacto con la piel, aunque de sobra sabía que la propia ropa estaría contaminada y que corría el riesgo de contagiarse. Después Tomás se apoyó en él y ambos echaron a andar, bastante mejor de lo que Ezequiel esperaba, la verdad. El muchacho estaba sacando fuerzas de donde no las tenía para poder llegar al orfanato, la única casa que había conocido.

Tomás era mucho más grande que Ezequiel, pero había perdido corpulencia. La enfermedad, el hambre y la mala vida lo habían consumido. Pero aún le quedaron fuerzas para algo más.

—Gracias —dijo.

Ezequiel no contestó.

XXV

A dos días de la marcha

Tardaron en alcanzar el hospital. Nada más llegar, Ezequiel dio la voz de alarma y el jaleo que allí se organizó fue tremendo.

—¡Traigo a Tomás! ¡Doctor Posse! ¡Doctor Posse! Que busquen al doctor Posse. ¡Viene muy enfermo, no lo toquéis!

La hermana Valentina apareció corriendo por el fondo después de que el muchacho rechazara la ayuda de varias monjas.

Venía apresurada y llegó sin aliento.

—¡Llame al doctor Posse Roybanes, por favor! —Ezequiel lloraba—. Es Tomás, hermana, viene muy enfermo.

—Déjame ver.

—¡No, no! —gritó el niño—. ¡Llame al doctor Posse!

El doctor Posse lo oyó desde el umbral de la puerta.

—Tranquilo, Ezequiel, estoy aquí. Déjame ver qué pasa.

Se acercó con andar reposado, sin las histerias del resto, de sobra sabía él que en los momentos de tensión es importante guardar la calma.

—Déjame ver.

El doctor retiró las telas que tapaban la cara de Tomás, dejando al descubierto la evidencia de la enfermedad.

—¡Válgame Dios! —exclamó la hermana Valentina.

Posse Roybanes suspiró.

—Hermana, acompáñelo a la sala de aislamiento. Intentaremos ayudar a este pobre desgraciado.

—Tiene la viruela —dijo la monja—. ¡Aquí no se puede quedar!

—Lo sé, hermana. Le daremos los cuidados básicos antes de nada. Hay que intentar bajarle esa fiebre.

La hermana Valentina se marchó con el enfermo.

Posse se volvió hacia el que había sido su ayudante.

—¿Sabes lo que acabas de hacer, Ezequiel? —suspiró.

—Sí señor.

—Me parece que no. ¡No debes de saberlo! —se alteró.

—Lo sé, señor.

—Madre Santa... Madre Santa... —Posse se frotaba las manos de forma compulsiva, el niño nunca lo había visto tan nervioso. Se paró y pareció tranquilizarse—. Ven conmigo, vamos al hospicio.

Ezequiel ya no lloraba, caminó con la cabeza gacha, abatido y recordando los escasos doscientos metros que solo hacía unas horas lo separaban de Inés. Únicamente añadió:

—Doctor Posse, yo... no podía dejar a Tomás allí tirado en la calle. No duraría vivo ni un día. Lo traje al hospital.

—Aquí tampoco se puede quedar estando enfermo de viruela.

—Ya lo sé, pero por lo menos le darán medicinas y comida. No podía dejarlo allí tirado, doctor...

—Lo comprendo Ezequiel, pero ha sido una estupidez. Esto te traerá graves consecuencias.

Siguieron caminando en silencio hasta llegar al hospicio. Allí mandaron llamar a doña Isabel que se presentó enseguida.

—Querida rectora, tenemos un grave problema.

Isabel se alarmó. Las caras de los dos eran todo tensión.

—Por Dios, ¿qué pasa?

—Debería usted haber tomado las medidas oportunas que le pidieron para que los niños no salieran del edificio. ¡Que los vacuníferos anden por la calle es un fallo grave! —El doctor descargó su ira con la rectora.

—¿Quién ha salido del edificio?

—Ezequiel, que se encontró en la calle con Tomás enfermo y lo ha traído al hospital. Tiene la viruela. Le administraremos los remedios habituales y le daremos medicinas para que se las lleve, pero aquí en el hospital no puede quedarse, como siempre se ha hecho.

Isabel Zendal juntó las manos en gesto de oración y se las llevó a la boca.

—Dios mío… Pero doctor, ese chico no tiene a donde ir ni quien lo cuide.

—Yo tengo que pensar en el bien común, es imposible que se quede en el hospital. Y tampoco debe permanecer en el hospicio, doña Isabel, es un riesgo para todos.

Ella seguía con las manos en gesto de oración, le costaba pensar, pero tuvo una idea.

—Puede que en otra congregación quieran acogerlo por caridad cristiana.

—Nadie meterá entre sus muros una peste como esta, pero me parece bien que lo intente. Hable con quien tenga que hablar y mientras tanto yo tendré aquí al chico, pero no más de veinticuatro horas.

—¿Y tú? ¡Ezequiel, por Dios! ¿Por qué saliste? —preguntó la rectora.

—Quería despedirme de Inés.

—¡Escucha, Ezequiel! —le habló el doctor Posse Roybanes—. Has infringido las normas, eso ha estado muy mal, yo tenía plena confianza en ti. Que te encontraras con Tomás ha sido simplemente mala suerte. Ese chico, muy posiblemente, está condenado. Comprendo que la caridad te haya impedido dejarlo allí, pero tú mejor que nadie sabías el riesgo que implicaba recogerlo. Eres un niño, no te lo recrimino, pero la situación ahora es muy grave y tienes que entenderlo. Vas a tener que estar unos días bajo vigilancia. En cuarentena. Hay que saber si desarrollas o no la enfermedad.

—Pero doctor, no es posible poner a Ezequiel en cuarentena, nos marchamos en dos días... —apuntó la rectora.

—Evidentemente, doña Isabel, Ezequiel no irá en el barco.

XXVI

Héroes en la tierra y en el mar

El doctor Posse Roybanes estaba abatido, no había pegado ojo en toda la noche que pasó absolutamente en vela. Él, que en un principio se había opuesto a la partida de su pequeño ayudante, ahora sufría al ver que Ezequiel se tenía que quedar. Y su sufrimiento era mayor al pensar que pudiera haber contraído la enfermedad cuando tenían tan a mano el fluido de la vacuna y podía haberlo vacunado. Pero ¿quién iba a pensar en algo tan imprevisible como lo que acabó aconteciendo?

Isabel pudo conseguir en muy pocas horas cobijo para Tomás en una orden de monjas de clausura que aceptaron correr el riesgo y que ya habían pasado por situaciones semejantes. El estado del muchacho era malo, la enfermedad se había hecho fuerte en su cuerpo ya castigado por el hambre y las palizas que había recibido aquellos días en la calle. Del dinero que le había robado a la rectora nunca se supo. Ni ella le preguntó ni él dijo lo más mínimo, como tampoco pidió perdón. Seguramente se lo habrían robado. Ahora lo importante era evitar que muriera como un perro, tirado en la calle y roído por las ratas, darle cobijo digno, alimento y los cuidados que necesitara en las próximas horas, que podían ser las últimas.

A la mañana siguiente, muy temprano, Tomás abandonó el hospital tumbado en un carro que lo llevó hasta el convento, ya no se tenía en pie. A Isabel le estaba prohibido acercarse a él, como a todos los demás participantes en la expedición, así que tuvo que contentarse con verlo partir desde la ventana. No le guardaba rencor, era un pobre desgraciado. Le había buscado el mejor sitio posible y allí terminaba su función, así que, tan pronto como el carro se perdió por el fondo de la calle, cerró la ventana y decidió centrarse en los preparativos de las veinticuatro horas que quedaban para zarpar.

Posse Roybanes aguardaba en la biblioteca la visita de Balmis que entró en la estancia notablemente eufórico.

—¡Mi querido doctor! —saludó—. ¡Ya estamos con un pie en el barco! ¡Y mañana tendremos los dos!

—Lo veo a usted muy feliz, querido amigo.

—Estoy feliz. Mañana a estas horas habremos levado anclas y estaremos zarpando rumbo al mayor éxito nunca antes conseguido por la medicina mundial. Lo vamos a conseguir. Llevaremos la vacuna a América y al resto del mundo.

—Estoy seguro de ello, doctor.

—Mañana, querido doctor Posse Roybanes, tal vez no tenga ocasión de pararme con usted y agradecerle todo lo que ha hecho por mí, por nosotros, por toda la expedición... Así que quiero hacerlo ahora. Su ayuda ha sido trascendental para el buen discurrir de esta aventura. Le agradezco su ánimo siempre bien dispuesto, tanta sabiduría y buen hacer que ha compartido con nosotros estos días, y también toda la ilusión y el empeño con los que acogió esta locura nuestra que vamos a hacer realidad. Se lo dije el primer día y hoy se lo repito, doctor, ¡ojalá hubiera muchos hombres como usted!

—Por favor, doctor Balmis, no es necesario ni merecido este agradecimiento. Usted sabe perfectamente que soy seguidor de su trabajo desde antes de conocerlo y un empedernido defensor de la vacuna, así que participar en esta expedición, aunque sea aportando un pequeño grano, es para mí una honra, y una impagable ocasión de aprendizaje.

Balmis sonrió.

—Estoy seguro de que pronto conseguirá tener en este hospital la sala de vacunación que tanto desea. No tengo ninguna duda de ello, y yo mismo intervendré a su favor. Pero, una vez hecho este apartado de reconocimientos, vamos a lo que nos atañe, por favor, cuénteme cómo está todo para la partida.

—Dos niños de la lista definitiva de los veintidós han sido inoculados a las nueve de esta mañana por mí mismo. Se les ha aislado del resto como corresponde y están siendo controlados cada hora. Ellos serán los primeros portadores de la vacuna. Debo decirle que es tan grande su ilusión que ha podido más que el miedo y ni siquiera se quejaron mientras les hacía la incisión en el brazo con la lanceta. La rectora ha estado presente para tranquilizarlos y también he contado con la ayuda de dos monjas enfermeras.

—Perfecto.

—Está dispuesto que estos dos embarquen los últimos mañana, cuando todos los demás estén ya aposentados en el barco, y que se dirijan desde el hospital al puerto en un coche de caballos solo para ellos y para la rectora, que los acompañará directamente a sus camarotes.

—¡Perfecto, perfecto! No esperaba menos, doctor Posse.

—También tengo que comunicarle un cambio en los planes. Ha pasado algo en las últimas horas que debe saber.

—¡Vaya! Ese semblante me hace sospechar que no se trata de buenas noticias. ¿Qué ha ocurrido?

—Ezequiel, mi ayudante, salió ayer sin permiso para despedirse de una compañera que dejó hace unos días la casa de expósitos para ir a servir a la ciudad. —Balmis frunció el ceño—.

En el camino se encontró a Tomás, el chico que fue expulsado de la inclusa y que robó el dinero de la rectora.

—¿Le pegó? —interrumpió Balmis.

—No, Tomás está gravemente enfermo. Ezequiel lo trajo al hospital a duras penas.

El médico se alarmó.

—¡No será nada contagioso!

—Tiene la viruela.

—¡Dios Santo!

—El muchacho fue aislado y ya lo han sacado del hospital a primera hora de esta mañana. Ezequiel está en cuarentena en una celda del hospicio.

—Sabe lo que eso supone, doctor...

—Por supuesto. Y él también lo sabe. Ezequiel no embarcará.

—Me apena profundamente este contratiempo. ¿Se da cuenta doctor Posse? Ese niño es un héroe. Lo ha sido en tierra y también lo habría sido en el mar, estoy seguro de que su comportamiento y ejemplo nos serían de gran ayuda con los demás niños. Es una gran pérdida para nosotros. Ruego a Dios que esa criatura tan inteligente no sea condenada con el azote de un mal terrible...

—Es un buen discípulo, guardó medidas higiénicas con el infectado, evitando en todo momento el contacto con las pústulas. Pronto sabremos si ha sido suficiente protección.

—Me gustaría doctor, si me lo permite, donar una cantidad al orfanato para que Ezequiel sea bien alimentado estos días...

—Por supuesto, doctor, su regalo será bien recibido e informaré a la rectora y al propio Ezequiel de ese donativo que usted hace.

—Creo, doctor, que ese niño es especial. Me gustaría estar seguro de que le espera un futuro feliz aquí, no deseo que acabe en la calle como ese otro desgraciado que volvió enfermo de viruela. Sé que, en nuestra profesión, algunas veces es preciso endurecer el corazón porque no se puede salvar a todo el mundo, ni darle acogida, pero sería una gran pérdida dejar que ese niño se malogre. Ahora que usted ha empezado un gran trabajo con él, doctor Posse, tal vez pueda usar su influencia para encontrarle un buen oficio.

—Así será, no se preocupe. Un próspero comerciante de la ciudad lo acogerá a su servicio pasada la cuarentena. Eso ya está resuelto.

—Pues hágame el favor, doctor, de coger este dinero que le dejo para su manutención, lo que sobre le servirá como ayuda para emprender una nueva vida fuera de estas paredes.

Tras la reunión con Balmis, Posse Roybanes decidió hacerle una visita a la hermana Valentina. La encontró en el hospital, en el cuarto de la ropa, doblando sábanas y seleccionando paños junto con otra religiosa.

—Hermana Valentina, venga aquí, por favor.

La monja se le acercó.

—Hace tiempo que quiero hablar con usted sobre algo.

—Dígame, doctor...

—Verá, tengo la sospecha de que está usted metida en un turbio asunto. —El doctor dejó perpleja a la monja con estas inesperadas palabras que le provocaron gran desconcierto.

La hermana Valentina enrojeció y comenzó a tartamudear.

—¿Un tur... turbio asunto? ¿De qué asunto me habla, doctor?

Posse siguió explicándose muy serio con el propósito de impresionarla.

—¿Está usted sirviendo de mensajera entre la madre de un expósito y su hijo? ¿Ha aceptado dinero de ella?

A la monja le faltó aire y el rubor llegó al extremo, estaba roja como nunca antes había estado.

—Yo...yo... El dinero no es para mí, yo no me quedo con nada, solo le doy al niño un poco más de ración en la comida...

—Más pan —dijo el doctor—, o más ración en el plato...

—Así es...

—¿Y con cuántos lo hace?

—¡Con uno, con uno! ¡Solo con uno! —se apresuró a explicar—. Pero ni él sabe nada de la madre, ni la madre sabe nada del hijo. Nunca he permitido que se conocieran.

—Solo con uno... —pensó en alto el médico—. Bien, pues ahora va a tener que hacerme un favor a mí con ese pequeño.

—Lo que sea, lo que sea. Pero, por Dios doctor Posse Roybanes, no se lo diga a la rectora.

—No se preocupe por eso.

XXVII
Zarpa la María Pita

Había llegado el día. Eran solo las seis de la mañana cuando comenzó el tumulto. La rectora ya llevaba una hora despierta, vestida y aseada. Todas las maletas y los baúles con el equipaje de los niños y el suyo propio habían sido embarcados la tarde anterior, ahora únicamente quedaba meter en una bolsa de mano algunas pocas pertenencias, cuatro cositas tales como el camisón de esa noche y el cepillo del pelo. Pero había querido madrugar para hacerlo, dado que aquella noche le había sido imposible conciliar el sueño.

Escuchó ruido y se acercó hasta el dormitorio de los veintidós, con toda seguridad ellos tampoco podían dormir. Al entrar en el cuarto con una vela en la mano, se encontró con que los más pequeños descansaban inocentemente a pierna suelta, pero un grupito de los mayores, encabezado por Clemente de la Caridad, estaba organizando jaleo.

—¿Se puede saber qué está pasando? En media hora tendréis que levantaros para vestiros, lavaros y desayunar algo sólido. El doctor Balmis ha dicho que hoy no tomaréis nada líquido, como mucho un poco de agua si alguno tiene sed. Hay que prevenir el mareo… ¿Por qué no aprovecháis esta media horita para descansar? Os hará buena falta con las emociones del día.

—¡Queremos ver a Ezequiel! ¿Qué le pasa? ¿Por qué no está aquí? ¿No viene en el barco?

Isabel, una vez más, se arrepintió de no haber tenido en cuenta los sentimientos de los niños. Algunas veces era necesario detenerse cinco minutos para explicarles las cosas de la vida. Ese fallo ya lo había tenido con Inés y ahora lo había vuelto a repetir. Decidió contarles la verdad.

—Ezequiel no puede venir.

Un gran tumulto de voces explotó en el dormitorio, todos preguntaban al mismo tiempo.

—Un momento... Un momento... ¡Callaos! Hace dos días, Ezequiel salió a la calle sin permiso y estuvo en contacto con la viruela, debe guardar cuarentena. Iba a despedirse de Inés, pero por el camino encontró a Tomás enfermo. Él mismo lo trajo al hospital. Pero ahora, Ezequiel no puede ir en el barco, todavía no sabemos si se ha contagiado o no.

Los niños no dijeron ni una palabra. Todos permanecieron en silencio. Solo Clemente de la Caridad habló. Las lágrimas resbalaban por sus mejillas.

—Ezequiel siempre me ha cuidado. Todos los días de mi vida desde que puedo recordar. Yo quiero quedarme con él.

Isabel se emocionó. Le puso una mano en el hombro y con la otra le acarició el pelo.

—Ezequiel no querría que te quedaras, Clemente, tú vas a hacer una hazaña y serás un héroe, como también lo fue él trayendo aquí a Tomás —y añadió—. Debes marcharte, allá tendrás una vida mejor.

Se agachó a besarlo y muy bajito le murmuró a la oreja.

—Después te llevaré a ti solo para que te puedas despedir de él.

Posse Roybanes también llegó al hospital cuando todavía no había amanecido, y se encaminó a revisar el estado de los dos niños inoculados que serían los primeros de la cadena que continuaría en el barco y allende los mares. Los encontró muy bien, la vacuna había prendido, tenían ya algunas décimas de fiebre, muy poca cosa como era lo normal y eso era un buen síntoma. Pasado nueve o diez días aparecerían unas poquitas ampollas de las que sacarían la linfa con una lanceta, para pasársela a otros dos niños sanos haciéndoles una pequeña incisión en el brazo.

Una vez que comprobó el estado de los inoculados, fue directo a buscar a la hermana Valentina.

La encontró en el comedor sirviéndoles el desayuno a los niños. El primer turno era para los veintidós y después, en un segundo turno, desayunaba el resto de los niños del hospicio, siguiendo así la norma de no mezclar unos con otros.

—Hermana Valentina, si es tan amable de atenderme un momento...

La monja de nuevo enrojeció, tal era su temor a que todo se supiera.

—Doctor, todavía es muy temprano. A las ocho estaré en su biblioteca.

—Espero que no se retrase, hermana, tengo que estar en el muelle a las nueve y media.

Y así fue, a las ocho en punto, cuando llamaron a la puerta, Posse abrió y en el umbral estaba la hermana Valentina acompañada de Candela que tenía mucho mejor aspecto que la última vez que la había visto.

—Buenos días, Candela. Disculpe que la haya hecho venir a una hora tan temprana.

—No es ningún problema. —La mujer entró en la biblioteca y se quedó allí de pie, sin saber qué hacer.

—Siéntese, por favor. Usted, hermana, puede marcharse.

—Pero…

—¡Puede marcharse! —insistió el doctor Posse.

Y a la hermana Valentina no le quedó más remedio que irse.

Después, Posse cerró la puerta y se sentó tras la mesa del despacho, frente a Candela.

—Verá, Candela, tengo bastante prisa, así que debo decirle sin preámbulos para qué la he llamado. ¿Dejó usted un niño en este hospicio hace nueve años?

A Candela le dio un vuelco el corazón.

—Sí señor, así es.

—Sé que ha estado usted manteniendo contacto con la hermana Valentina para, con lo poco que buenamente podía, ayudar a mantenerlo y que se ocupara de él.

—Así ha sido, pero ahora que tengo más dinero con lo que me dio la rectora, la hermana no ha querido aceptar nada. ¿Qué pasa? ¿Está mal mi hijo? ¿Ha muerto? ¿Me ha llamado por eso?

—Tranquilícese. El niño está vivo. La hermana Valentina no aceptó el dinero porque estaba previsto que hoy mismo, dentro de poco más de una hora, el niño embarcara con la expedición del doctor Balmis rumbo a América. Pero no se alarme, no irá. Ahora necesito que me confirme su identidad. Tengo aquí delante la ficha de inscripción de su hijo, dice que fue abandonado con un lazo marrón atado en una mano, diciendo que por esa señal se pediría cuando hubiera buena cosecha.

—Así es —Candela rompió a llorar—, pero nunca vinieron buenos tiempos para poder mantener una boca más. No soy una mala madre, ni una mala persona, doctor, no me juzgue por eso, nosotros no podíamos mantener al niño.

—Ahora no es tiempo para juzgar. Todo eso ya pasó. Escúcheme, ¿quiere recuperar a su hijo? Yo la ayudaré económicamente, y el doctor Balmis también ha aportado una cantidad. Tendrá suficiente para ir tirando. Después, hay un comerciante interesado en tomar al muchacho como aprendiz. Usted no lo conoce, pero es un chico muy listo y espabilado, sabe leer y escribir y tiene mucho don de gentes.

Candela no dejaba de llorar. Le cogió una mano al doctor.

—Claro que quiero, claro que quiero...

—Se llama Ezequiel, usted ya lo ha visto aquí, conmigo. Es el niño que nos ayudó con los bebés.

Entonces la cara de Candela se puso seria.

—Ese no es mi hijo. Yo misma le pregunté. El mío nació en febrero. Aquel era de abril. —El llanto de la mujer se volvió inconsolable.

Posse abrió su ficha de registro y comprobó que la mujer decía la verdad. Leyó en voz alta «Fecha de ingreso 25 de abril de 1794».

—Tiene usted razón.

Pero entonces se percató de una observación que figuraba al final de la ficha. El expósito se recoge con unos dos meses de edad.

—El niño nació en febrero, pero aquí lo dejó en abril, y el lazo marrón coincide. No puede haber equivocación, Candela. Ezequiel es su hijo.

La mujer lloraba desconsoladamente.

—¿Cree usted que podré recuperarlo?

—Por supuesto, Candela. En ningún lugar va a estar mejor que con usted. No quiero que dude ni por un momento de lo buena madre que es. Vivimos tiempos duros y entonces se vio obligada a tomar esa decisión, pero todavía puede ser de mucha ayuda para su hijo ahora que es cuando más la necesita.

—¿Y si él no me quiere?

—La querrá. Ezequiel es un buen chico, le explicaremos todo y lo entenderá. Candela, no le quiero ocultar información, Ezequiel puede estar incubando la viruela. —La madre se sobresaltó—. Lo sabremos en unos días. Necesita atención y cuidados. Quiera Dios que no haya contraído la enfermedad. Hoy no es un buen día en el hospicio, está todo muy alterado con la Real Expedición de la Vacuna, venga mañana a las nueve y estará preparado para irse a casa con usted.

—Venir a casa... —repitió Candela—. Es usted un santo, doctor Posse. Lo cuidaré día y noche, estoy segura de que Dios no me va a quitar también a este hijo, ahora que lo he recuperado. No tendrá la viruela, ¡ya verá como no!

—Ojalá, Candela, ojalá. No hay nada que desee más.

Posse despachó a la mujer con una cierta premura y buscó a doña Isabel para echarle una mano con la salida de los niños del hospicio hacia el puerto. Después de dar varias vueltas la encontró en un pasillo junto a Clemente de la Caridad. La rectora no le ocultó su intención.

—Buenas, doctor Posse. Sé que ya estamos con el tiempo justo, pero Clemente y yo vamos a despedirnos de Ezequiel, aunque sea desde lejos.

—Pues desde lejos tendrá que ser. Ya sabe que no pueden tener contacto físico con él. No debería contagiar, pero es preciso ser muy prudentes.

La rectora prometió que lo serían y Posse confió en ella.

El doctor les anunció que los esperaría en la puerta principal donde ya estaban llegando los carros y los niños hacían cola acompañados de las monjas.

Isabel y Clemente abrieron sin llamar la puerta del pequeño cuarto donde estaba Ezequiel.

El niño volvió la cara hacia ellos y su rostro se iluminó con la más grande y sincera sonrisa. Quiso echarse en sus brazos pero la rectora se lo impidió.

—¡No! Ezequiel, querido, no podemos tocarte.

—¡Oh! Ya. Entiendo. No importa —reculó.

—Hemos venido a despedirnos de ti —dijo Clemente de la Caridad—. Ya sé que tú no vienes con nosotros y que has sido un héroe trayendo a Tomás hasta el hospital. —El niño rompió a llorar—. ¡Yo no quiero irme sin ti!

—¡Bueno! ¡Anda! ¡Qué tontería dices, Clemente! Yo no te hago falta para nada. Tienes que ir para cuidar a la rectora y al pequeño Tomás Melitón, que te ha tocado, ahora es tu protegido y debes ocuparte de él —Ezequiel se esforzaba por convencerlo y hacerle ver el lado bueno del viaje—. Creo que en esos países a los que vais hay gente con mucha fortuna, ¡verás como te tocan unos padres ricos! —dijo provocando la risa de los dos.

—Te voy a echar mucho de menos, Ezequiel.

—Y yo a ti, Clemente. No tengas pena por mí.

—No la tengo. Tú eres fuerte, no como yo. Sé que el doctor Posse te va a ayudar.

—Así será —dijo la rectora—. Tenemos que irnos ya, Ezequiel. Eres un gran chico, nunca te olvidaré. Sé feliz. Estoy segura de que lo conseguirás. Serás un hombre de bien. Tendré noticias tuyas a través del doctor Posse, y tú también sabrás de nosotros. Te lo juro.

Isabel cogió de la mano a Clemente de la Caridad y le tiró un beso a Ezequiel. Salieron de la habitación, pero Clemente todavía tenía un encargo más que hacerle al amigo y se paró.

—¡Ezequiel! ¡Cuida a Inés!

—Lo haré. Puedes irte tranquilo.

Y el niño cerró la puerta para que no lo vieran con lágrimas en los ojos. Lloraba no tanto por no irse con ellos como por perder lo más parecido a una familia que había tenido. Clemente era como un hermano, e Isabel casi una madre.

A las nueve y media de la mañana, toda A Coruña aguardaba en el muelle. Las gentes agitaban pañuelos blancos y las autoridades de la ciudad estaban junto a la pasarela del barco. Incluso había músicos. Entre la multitud se abría un camino para dejar paso a los coches de caballos que debían llegar justo delante de la corbeta María Pita, que aquella mañana de otoño lucía esplendorosa. En el barco, los marineros estaban enfaenados en las labores de zarpar. En tierra, Balmis y su grupo médico aguardaban engalanados la llegada de los carruajes, que no se hicieron esperar.

Un eco de vítores y aplausos delató la llegada de los carros, que ya entraban en el puerto. Por los cristales de las ventanas, los niños miraban incrédulos el ambiente festivo del que también participaban.

Del primer carromato se apearon la rectora Isabel Zendal y el doctor Posse. Durante el corto desplazamiento entre el hospicio y el puerto, el médico le había relatado a la rectora sus planes con respecto a Ezequiel. Pasaría la cuarentena con su madre, tendrían suficiente dinero con lo que había aportado Balmis, el de la propia rectora y algo más que añadió él mismo. Isabel no pudo disimular su sorpresa al enterarse de que Candela era la madre de Ezequiel, ni tampoco la inmensa alegría que le produjo la noticia. Confiaba en ella. Posse también la puso al tanto de sus planes para el porvenir. Si superaba con bien la cuarentena, comenzaría a trabajar en la ciudad a las órdenes de un comerciante. A Isabel aquella solución le pareció inmejorable. Algo en su interior le decía que todo iba a salir bien, y se sentía relajada, el doctor Posse era una gran persona. Ezequiel quedaba en buenas manos. Ahora la congregación encargada del hospicio buscaría una nueva rectora. Aún quedaban allí muchos niños, y cada semana ingresaban uno o dos más.

En los últimos metros, Isabel insistió:

—Por favor, doctor Posse, envíeme a Tenerife noticias sobre Ezequiel, estaremos allí un mes, me dará tiempo a recibirlas antes de la gran travesía.

—Así lo haré, puede usted estar tranquila.

Paró el cochero y al carruaje se acercaron Balmis y Salvany, cada uno por un lado. Salvany abrió la puerta de Isabel y Balmis la de Posse Roybanes.

Las autoridades procedieron a despedirse del grupo deseándoles la mejor de las suertes en su empeño. La ciudad entera estaba orgullosa. También llegó el momento de la despedida entre Balmis y Posse, que se dieron un gran abrazo. Cuando le tocó despedirse de la rectora, Posse se vio en la necesidad de disimular una lágrima que escurría por su mejilla.

—¡Pero, doctor Posse! —dijo sonriente la mujer—. No irá usted a llorar.

—Es de alegría. No conozco mujer más valiente que usted, se lo digo de corazón. Feliz travesía, Isabel.

—Gracias, doctor.

En el resto de los coches fueron llegando los niños, que embarcaron inmediatamente acompañados del personal sanitario. Isabel cogió de una mano a Benito y de la otra a Clemente de la Caridad.

—¿Dónde está tu protegido? —le preguntó a Clemente.

—Aquí —contestó él, haciéndole una caricia a Tomás Melitón.

—Muy bien, ahora tú lo vas a cuidar como Ezequiel hacía contigo. Serás su hermano mayor en el barco. Dale ya la mano.

Clemente sonrió sintiéndose importante.

—Venga, subid...

Todos avanzaron por la pasarela en fila de dos, cada niño mayor con su pequeño. Una vez embarcados, se arrimaron a la barandilla del barco para despedirse de la ciudad. Balmis y los sanitarios ya habían subido e Isabel acompañó a los últimos niños, los inoculados, con los que bajó al camarote. Después de acomodarlos allí, un enfermero la fue a relevar para que también ella pudiera subir a cubierta con todos.

Los marineros iniciaron las maniobras de desatraque. Izaron el ancla, largaron amarras y desplegaron las velas. Los niños estaban fascinados.

—¡Nos movemos! —gritó uno.

Desde el muelle, Posse Roybanes agitaba un pañuelo blanco como todos los allí reunidos, las monjas lloraban y la gente animaba con gritos a los pequeños valientes.

Isabel miraba a Balmis, que hinchaba el pecho y parecía gozar del viento en su cara, absolutamente feliz y emocionado, al igual que Salvany y los otros miembros de la expedición. Todos ellos eran hombres singulares. La distancia entre el barco y el muelle iba en aumento y las figuras de los que los despedían aparecían cada vez más pequeñas. Isabel contempló la hermosura de la ciudad de A Coruña por última vez en su vida.

Aquellos veintidós pequeños eran ya el material más delicado que nunca hubiera sido transportado a las Américas, y estaban a su cargo.

Ese mismo día comenzaron a escribir la historia.

Mi agradecimiento y admiración a los periodistas Joaquín Pedrido y Antonio López, por su investigación sobre los expósitos de la Real Expedición Filantrópica de la Vacuna, y por la ayuda que me prestaron.

Epílogo

Doscientos años después, la viruela ya no existe. Fue en 1980 cuando la Organización Mundial de la Salud declaró al planeta Tierra zona cero de viruela. Desde entonces, nadie ha padecido la enfermedad y, por lo tanto, la vacunación también fue eliminada por innecesaria. Solo decidieron conservar unas muestras del virus criogenizadas en dos lugares del planeta: en el Instituto VECTOR de Novosibirsk, en Rusia, y en el Centro de Control de Enfermedades de Atlanta, en Estados Unidos.

Esta ha sido la primera vez, y de momento la única, que los humanos acabaron con una enfermedad mediante la vacunación, y nadie duda de que este importante hito fue posible gracias, en buena medida, a la tarea titánica de la Real Expedición Filantrópica de la Vacuna. Nunca llegaremos a saber cuántos cientos de personas participaron, de una manera o de otra, en el establecimiento de la larga cadena que conservó y distribuyó la vacuna, brazo a brazo, a lo largo de miles de kilómetros.

En aquel viaje nada fue fácil, ni previsible. Tras los primeros días de navegación, la corbeta María Pita arribó a las islas Canarias donde permaneció durante un mes, distribuyendo la vacuna y donde los expedicionarios fueron tratados como auténticos héroes. Aquello solo fue el inicio de la odisea. Tras esa primera y tranquila escala, comenzó el terrible viaje americano. Un mes de travesía en el que los niños se marearon, enfermaron, y pasaron toda clase de penurias y dificultades.

María Solar

Llegados a San Juan de Puerto Rico, la situación no tenía parecido con la de las islas Canarias. Allí ya conocían la vacuna que había sido transportada con anterioridad en hilas. El recibimiento del gobernador, de los médicos locales y de la población fue frío y falto de entusiasmo. Balmis se encontraría con esta misma dificultad en algún otro territorio en los que ya se habían hecho vacunaciones que él consideraba mal organizadas y poco eficaces en sus resultados. Problema tras problema, pusieron rumbo a La Guaira, pero la corbeta tuvo contratiempos y a punto estuvieron de perder la vacuna, por lo que se vieron obligados a atracar en Puerto Cabello. Estas vicisitudes llevaron a Balmis a la decisión de dividir la expedición al alcanzar finalmente La Guaira, desde donde continuaron avanzando incansablemente durante meses y años. Esa fue la última vez que Balmis y Salvany se vieron. Josep Salvany llevó la vacuna a América del Sur a través de los territorios de Colombia, Ecuador, Perú, Panamá, Chile y Bolivia; Francisco Javier Balmis la distribuyó hacia América del Norte, pasando por Cuba, Guatemala, Nicaragua, Costa Rica y México, de allí pasó a Filipinas y China.

De aquellos planes escritos sobre el papel, poco quedó en la realidad. Mientras que algunas autoridades locales prestaron toda su ayuda y recibieron a la expedición con honores, otras entorpecieron, cuando no obstaculizaron, la marcha. Balmis y su equipo se encontraron con los más insospechados problemas, sufrieron enfermedades y accidentes, y vivieron revueltas y peligros, pero, para entonces, extender la vacuna era ya su único empeño vital.

La expedición de Salvany fue más larga en el tiempo y mucho más terrible y accidentada. El médico desarrolló su labor con extraordinario empeño y precisión, pero su salud era débil. Padecía de tisis y las condiciones durísimas del trayecto lo enfermaron gravemente.

Para estos viajes por mar y tierra se utilizaron más niños expósitos, y también algunos adultos en momentos de necesidad, entre ellos tres esclavas. Todo valía con el propósito de no romper la cadena, siguiendo siempre brazo a brazo. La historia no ha sido todo lo justa que debiera con muchos de sus protagonistas. Mientras que Balmis pudo regresar a España como el héroe que sin duda era, Isabel Zendal y Josep Salvany decidieron continuar. La frágil salud de Salvany empeoró con enfermedades locales, un naufragio en el que estuvieron tres días perdidos, y diversas heridas, incluso llegó a perder un ojo. Su parte de la aventura americana fue tan dura y sufrió tantos contratiempos que finalmente le costó la vida y Salvany murió, posiblemente por tuberculosis pulmonar, llevando la vacuna a Bolivia en 1810, a los treinta y tres años de edad. El resto de su grupo, encabezado por Grajales y Bolaño, continuó todavía su labor, como ya había sucedido en otros momentos de la expedición.

Isabel Zendal también se implicó hasta lo imposible en la misión. Ella participó en el recorrido realizado por Balmis y llevó a los niños gallegos a México, reclutando algunos más por el camino. Incluso decidió dejar a su hijo durante un tiempo al cuidado de los religiosos mientras ella continuaba la expedición. Poco sabemos de los detalles, pero sí conocemos, porque lo dejó escrito el doctor Balmis, que Isabel Zendal empeñó hasta su propia salud en el cuidado de los pequeños, día y noche. Participó en la vacunación de diversos territorios, llegando hasta Filipinas. Pero también hay lagunas acerca de su vida. Nunca regresó a España y su pista se pierde en México tras asentarse en Puebla de los Ángeles junto con su hijo. Precisamente, hoy en día, el Premio Nacional de Enfermería de México, otorgado anualmente por el Gobierno del país, lleva su nombre.

De todos los implicados en la Real Expedición Filantrópica de la Vacuna, solo su director Francisco Javier Balmis, recibió en vida los honores y el reconocimiento merecidos. Regresó a España en 1806 después de visitar Filipinas y Macao en China. Su regreso supuso otro largo viaje de cuatro meses en un barco portugués que arribó a Lisboa. El 7 de septiembre de 1806 fue recibido por el rey, quien lo felicitó y honró por los éxitos conseguidos.

Los conflictos bélicos que entonces se produjeron entre España, Francia y Reino Unido impidieron casi completamente la comunicación con los que se quedaron en América. El contacto fue mínimo. En 1808, Balmis se negó a jurar acatamiento a José Bonaparte por lo que sus bienes fueron confiscados y él se convirtió en un proscrito. Se cree que fue en esa época, durante la ocupación de Madrid por las tropas francesas, cuando la casa de Balmis fue saqueada y se perdió el manuscrito de la expedición. Pese a la convulsa situación de España en esos momentos, Balmis consiguió permiso para volver a México y comprobar cómo iba allí la vacunación y si ya se había establecido de manera estable. Se encontró con un resultado desigual, las guerras independentistas de los países americanos habían destruido la red de vacunación y en unas ciudades se seguía practicando mientras que en otras no.

Seis años después de su regreso definitivo a España, en 1819, Balmis falleció en Madrid. Tenía sesenta y seis años.

Sobre el doctor Posse Roybanes sabemos que consiguió abrir su deseada sala de vacunación en A Coruña en el año 1805. La historia todavía le debe mucho reconocimiento.

Pero, de todos ellos, posiblemente es de los niños de quien menos se sabe. De aquellos veintidós huérfanos que salieron del puerto de A Coruña llevando en su cuerpo la vacuna de la viruela con la promesa de una vida mejor, solo veintiuno llegaron a su destino. El investigador Michael Smith recoge la lista de los expósitos que arribaron a México en la que falta Ignacio José de tres años, fallecido durante la travesía a América. Una vez terminado el penoso viaje, *las cosas no fueron como les habían contado. Queda constancia de que el propio Balmis se interesó por ellos y escribió repetidamente al ministro Caballero reclamando los beneficios que se les habían prometido y que las autoridades locales no les concedieron, internándolos en un sobrepoblado y miserable hospicio donde vivían mal alimentados y peor cuidados, y donde eran acusados de no saber ni siquiera persignarse y de ser malhablados por el contacto que habían tenido con los marineros. Smith, que reconstruyó la historia de estos niños hasta donde le fue posible, es de la opinión de que la vida de los pequeños fue mejor en México, dados los tiempos tan convulsos y bélicos que se vivieron en España por aquellos años. Recoge también la muerte de Tomás Melitón y de Juan Antonio, otros permanecieron años en la llamada Escuela Patriótica, y el resto fueron adoptados por familias mexicanas. En la ciudad de A Coruña un monumento recuerda su odisea.*

Seguramente nunca les podremos agradecer bastante a todos los que participaron en este hito, lo que hicieron por llevar a buen término aquella heroica gesta. Un empeño que superó con creces su deber y que alcanzó cotas extraordinarias. Seguramente también, ni ellos mismos pudieron nunca soñar con que su labor fuera tan determinante en la completa erradicación de la viruela en la Tierra. El mejor agradecimiento que les podemos dar es conservar la memoria de lo que hicieron. Mientras los recordemos, les estaremos devolviendo parte de lo que ellos nos dieron de manera tan altruista y generosa.